U0942762

Yilin Classics

经/典/译/林

呐 喊

鲁迅 著

译林出版社

图书在版编目（CIP）数据

呐喊／鲁迅著. —南京：译林出版社，2017.6（2023.8 重印）
（经典译林）
ISBN 978-7-5447-6852-8

Ⅰ. ①呐…　Ⅱ. ①鲁…　Ⅲ. ①鲁迅小说－小说集
Ⅳ. ① I210.6

中国版本图书馆 CIP 数据核字（2017）第 051190 号

呐喊　鲁迅／著

责任编辑　於　梅　韩继坤
责任印制　颜　亮

出版发行　译林出版社
地　　址　南京市湖南路 1 号 A 楼
邮　　箱　yilin@yilin.com
网　　址　www.yilin.com
市场热线　025-86633278
排　　版　南京展望文化发展有限公司
印　　刷　江苏凤凰盐城印刷有限公司
开　　本　880 毫米 × 1240 毫米　1/32
印　　张　4.5
插　　页　4
版　　次　2017 年 6 月第 1 版
印　　次　2023 年 8 月第 17 次印刷
书　　号　ISBN 978-7-5447-6852-8
定　　价　29.00 元

CONTENTS · 目录

自　序

我在年青时候也曾经做过许多梦，后来大半忘却了，但自己也并不以为可惜。所谓回忆者，虽说可以使人欢欣，有时也不免使人寂寞，使精神的丝缕还牵着已逝的寂寞的时光，又有什么意味呢，而我偏苦于不能全忘却，这不能全忘的一部分，到现在便成了《呐喊》的来由。

我有四年多，曾经常常，——几乎是每天，出入于质铺和药店里，年纪可是忘却了，总之是药店的柜台正和我一样高，质铺的是比我高一倍，我从一倍高的柜台外送上衣服或首饰去，在侮蔑里接了钱，再到一样高的柜台上给我久病的父亲去买药。回家之后，又须忙别的事了，因为开方的医生是最有名的，以此所用的药引也奇特：冬天的芦根，经霜三年的甘蔗，蟋蟀要原对的，结子的平地木，……多不是容易办到的东西。然而我的父亲终于日重一日的亡故了。

有谁从小康人家而坠入困顿的么，我以为在这途路中，大概可以看见世人的真面目；我要到N进K学堂去了，仿佛是想走异路，逃异地，去寻求别样的人们。我的母亲没有法，办了八元的川资，说是由我的自便；然而伊哭了，这正是情理中的事，因为那时读书应试是正路，所谓学洋务，社会上便以为是一种走投无路的人，只得将灵魂卖给鬼子，要加倍的奚落而且排斥的，而况伊又看不见自己的儿子了。然而我也顾不得这些事，终于到N去进了K学堂了，在这学堂里，我才知道世上还有所谓格致，算学，地理，历史，绘图和体操。生理学并不教，但我们却看到些木版的《全体新论》和《化学卫生论》之类了。我还记得先前的医生的议论和方药，和现在所知道的比较起来，便渐渐的悟得中医不过是一种有意的或无意的骗子，同时又很起了对于被骗的病人和他的家族的同情；而且从译出的历史上，又知道了日本维新是大半发端于西方医学的事实。

因为这些幼稚的知识，后来便使我的学籍列在日本一个乡间的医学专门学校里了。我的梦很美满，预备卒业回来，救治像我父亲似的被误的病人的疾苦，战争时候便去当军医，一面又促进了国人对于维新的信仰。我已不知道教授微生物学的方法，现在又有了怎样的进步了，总之那时是用了电影，来显示微生物的形状的，因此有时讲义的一段落已完，而时间还没有到，教师便映些风景或时事的画片给学生看，以用去这多余的光阴。其时正当日俄战争的时候，关于战事的画片自然也就比较的多了，我在这一个讲堂中，便须常常随喜我那同学们的拍手和喝采。有一回，我竟在画片上忽然会见我久违的许多中国人了，一个绑在中间，许多站在左右，一样是强壮的体格，而显出麻木的神情。据解说，则绑着的是替俄国做了军事上的侦探，正要被日军砍下头颅来示众，而围着的便是来赏鉴这示众的盛举的人们。

这一学年没有完毕，我已经到了东京了，因为从那一回以后，我便觉得医学并非一件紧要事，凡是愚弱的国民，即使体格如何健全，如何茁壮，也只能做毫无意义的示众的材料和看客，病死多少是不必以为不幸的。所以我们的第一要著，是在改变他们的精神，而善于改变精神的是，我那时以为当然要推文艺，于是想提倡文艺运动了。在东京的留学生很有学法政理化以至警察工业的，但没有人治文学和美术；可是在冷淡的空气中，也幸而寻到几个同志了，此外又邀集了必须的几个人，商量之后，第一步当然是出杂志，名目是取“新的生命”的意思，因为我们那时大抵带些复古的倾向，所以只谓之《新生》。

《新生》的出版之期接近了，但最先就隐去了若干担当文字的人，接着又逃走了资本，结果只剩下不名一钱的三个人。创始时候既已背时，失败时候当然无可告语，而其后却连这三个人也都为各自的运命所驱策，不能在一处纵谈将来的好梦了，这就是我们的并未产生的《新生》的结局。

我感到未尝经验的无聊，是自此以后的事。我当初是不知其所以然的；后来想，凡有一人的主张，得了赞和，是促其前进的，得了反对，是促其奋斗的，独有叫喊于生人中，而生人并无反应，既非赞同，也无反对，如置身毫无边际的荒原，无可措手的了，这是怎样的悲哀呵，我于是以我所感到者为寂寞。

这寂寞又一天一天的长大起来，如大毒蛇，缠住了我的灵魂了。

然而我虽然自有无端的悲哀，却也并不愤懑，因为这经验使我反省，看见自己了：就是我决不是一个振臂一呼应者云集的英雄。

只是我自己的寂寞是不可不驱除的，因为这于我太痛苦。我于是用了种种法，来麻醉自己的灵魂，使我沉入于国民中，使我回到古代去，后来也亲历或旁观过几样更寂寞更悲哀的事，都为我所不愿追怀，甘心使他们和我的脑一同消灭在泥土里的，但我的麻醉法却也似乎已经奏了功，再没有青年时候的慷慨激昂的意思了。

S会馆里有三间屋，相传是往昔曾在院子里的槐树上缢死过一个女人的，现在槐树已经高不可攀了，而这屋还没有人住；许多年，我便寓在这屋里钞古碑。客中少有人来，古碑中也遇不到什么问题和主义，而我的生命却居然暗暗的消去了，这也就是我惟一的愿望。夏夜，蚊子多了，便摇着蒲扇坐在槐树下，从密叶缝里看那一点一点的青天，晚出的槐蚕又每每冰冷的落在头颈上。

那时偶或来谈的是一个老朋友金心异，将手提的大皮夹放在破桌上，脱下长衫，对面坐下了，因为怕狗，似乎心房还在怦怦的跳动。

“你钞了这些有什么用？”有一夜，他翻着我那古碑的钞本，发了研究的质问了。

“没有什么用。”

“那么,你钞他是什么意思呢?”

“没有什么意思。”

“我想,你可以做点文章……”

我懂得他的意思了,他们正办《新青年》,然而那时仿佛不特没有人来赞同,并且也还没有人来反对,我想,他们许是感到寂寞了,但是说:

“假如一间铁屋子,是绝无窗户而万难破毁的,里面有许多熟睡的人们,不久都要闷死了,然而是从昏睡入死灭,并不感到就死的悲哀。现在你大嚷起来,惊起了较为清醒的几个人,使这不幸的少数者来受无可挽救的临终的苦楚,你倒以为对得起他们么?”

“然而几个人既然起来,你不能说决没有毁坏这铁屋的希望。”

是的,我虽然自有我的确信,然而说到希望,却是不能抹杀的,因为希望是在于将来,决不能以我之必无的证明,来折服了他之所谓可有,于是我终于答应他也做文章了,这便是最初的一篇《狂人日记》。从此以后,便一发而不可收,每写些小说模样的文章,以敷衍朋友们的嘱托,积久就有了十余篇。

在我自己,本以为现在是已经并非一个切迫而不能已于言的人了,但或者也还未能忘怀于当日自己的寂寞的悲哀罢,所以有时候仍不免呐喊几声,聊以慰藉那在寂寞里奔驰的猛士,使他不惮于前驱。至于我的喊声是勇猛或是悲哀,是可憎或是可笑,那倒是不暇顾及的;但既然是呐喊,则当然须听将令的了,所以我往往不恤用了曲笔,在《药》的瑜儿的坟上平空添上一个花环,在《明天》里也不叙单四嫂子竟没有做到看见儿子的梦,因为那时的主将是不主张消极的。至于自己,却也并不愿将自以为苦的寂寞,再来传染给也如我那年青时候似的正做着好梦的青年。

这样说来,我的小说和艺术的距离之远,也就可想而知了,然而到今日还能蒙着小说的名,甚而至于且有成集的机会,无论如何总不能不说是一件侥幸的事,但侥幸虽使我不安于心,而悬揣人间暂时还有读者,则究竟也仍然是高兴的。

所以我竟将我的短篇小说结集起来,而且付印了,又因为上面所说的缘由,便称之为《呐喊》。

一九二二年十二月三日,鲁迅记于北京。

狂人日记

某君昆仲，今隐其名，皆余昔日在中学校时良友；分隔多年，消息渐阙。日前偶闻其一大病；适归故乡，迂道往访，则仅晤一人，言病者其弟也。劳君远道来视，然已早愈，赴某地候补矣。因大笑，出示日记二册，谓可见当日病状，不妨献诸旧友。持归阅一过，知所患盖“迫害狂”之类。语颇错杂无伦次，又多荒唐之言；亦不著月日，惟墨色字体不一，知非一时所书。间亦有略具联络者，今撮录一篇，以供医家研究。记中语误，一字不易；惟人名虽皆村人，不为世间所知，无关大体，然亦悉易去。至于书名，则本人愈后所题，不复改也。七年四月二日识。

一

今天晚上，很好的月光。

我不见他，已是三十多年；今天见了，精神分外爽快。才知道以前的三十多年，全是发昏；然而须十分小心。不然，那赵家的狗，何以看我两眼呢？

我怕得有理。

二

今天全没月光，我知道不妙。早上小心出门，赵贵翁的眼色便怪：似乎怕我，似乎想害我。还有七八个人，交头接耳的议论我，又怕我看见。一路上的人，都是如此。其中最凶的一个人，张着嘴，对我笑了一笑；我便从头直冷到脚跟，晓得他们布置，都已妥当了。

我可不怕，仍旧走我的路。前面一伙小孩子，也在那里议论我；眼色也同赵贵翁一样，脸色也都铁青。我想我同小孩子有什么仇，他也这样。忍不住大声说，“你告诉我！”他们可就跑了。

我想：我同赵贵翁有什么仇，同路上的人又有什么仇；只有廿年以前，把古久先生的陈年流水簿子，踹了一脚，古久先生很不高兴。赵贵翁虽然不认识他，一定也听到风声，代抱不平；约定路上的人，同我作冤对。但是小孩子呢？那时候，他们还没有出世，何以今天也睁着怪眼睛，似乎怕我，似乎想害我。这真教我怕，教我纳罕而且伤心。

我明白了。这是他们娘老子教的！

三

晚上总是睡不着。凡事须得研究，才会明白。

他们——也有给知县打枷过的，也有给绅士掌过嘴的，也有衙役占了他妻子的，也有老子娘被债主逼死的；他们那时候的脸色，全没有昨天这么怕，也没有这么凶。

最奇怪的是昨天街上的那个女人，打他儿子，嘴里说道，“老子呀！我要咬你几口才出气！”他眼睛却看着我。我出了一惊，遮掩不住；那青面獠牙的一伙人，便都哄笑起来。陈老五赶上前，硬把我拖回家中了。

拖我回家，家里的人都装作不认识我；他们的眼色，也全同别人一样。进了书房，便反扣上门，宛然是关了一只鸡鸭。这一件事，越教我猜不出底细。

前几天，狼子村的佃户来告荒，对我大哥说，他们村里的一个大恶人，给大家打死了；几个人便挖出他的心肝来，用油煎炒了吃，可以壮壮胆子。我插了一句嘴，佃户和大哥便都看我几眼。今天才晓得他们的眼光，全同外面的那伙人一模一样。

想起来，我从顶上直冷到脚跟。

他们会吃人，就未必不会吃我。

你看那女人“咬你几口”的话，和一伙青面獠牙人的笑，和前天佃户的话，明明是暗号。我看出他话中全是毒，笑中全是刀。他们的牙齿，全是白厉厉的排着，这就是吃人的家伙。

照我自己想，虽然不是恶人，自从踹了古家的簿子，可就难说了。他们似乎别有心思，我全猜不出，况且他们一翻脸，便说人是恶人。我还记得大哥教我做论，无论怎样好人，翻他几句，他便打上几个圈；原谅坏人几句，他便说“翻天妙手，与众不同”。我那里猜得到他们的心思，究竟怎样；况且是要吃的时候。

凡事总须研究，才会明白。古来时常吃人，我也还记得，可是不甚清楚。我翻开历史一查，这历史没有年代，歪歪斜斜的每叶上都写着“仁义道德”几个字。我横竖睡不着，仔细看了半夜，才从字缝里看出字来，满本都写着两个字是“吃人”！

书上写着这许多字，佃户说了这许多话，却都笑吟吟的睁着怪眼睛看我。

我也是人，他们想要吃我了！

四

早上，我静坐了一会。陈老五送进饭来，一碗菜，一碗蒸鱼；这鱼的眼睛，白而且硬，红着嘴，同那一伙想吃人的人一样，吃了几筷，滑溜溜的不知是鱼是人，便把他兜肚连肠的吐出。

我说“老五，对大哥说，我闷得慌，想到园里走走。”老五不答应，走了；停一会，可就来开了门。

我也不动，研究他们如何摆布我；知道他们一定不肯放松。果然！我大哥引了一个老头子，慢慢走来；他满眼凶光，怕我看出，只是低头向着地，从眼镜横边暗暗看我。大哥说，“今天你仿佛很好。”我说“是的。”大哥说，“今天请何先生来，给你诊一诊。”我说“可以！”其实我岂不知道这老头子是刽子手扮的！无非借了看脉这名目，揣一揣肥瘠：因这功劳，也分一片肉吃。我也不怕；虽然不吃人，胆子却比他们还壮。伸出两个拳头，看他如何下手。老头子坐着，闭了眼睛，摸了好一会，呆了好一会；便张开他鬼眼睛说，“不要乱想。静静的养几天，就好了。”

不要乱想，静静的养！养肥了，他们是自然可以多吃；我有什么好处，怎么会“好了”?他们这群人,又想吃人,又是鬼鬼祟祟,想法子遮掩,不敢直截下手,真要令我笑死。我忍不住,便放声大笑起来,十分快活。自己晓得这笑声里面,有的是义勇和正气。老头子和大哥,都失了色,被我这勇气正气镇压住了。

但是我有勇气,他们便越想吃我,沾光一点这勇气。老头子跨出门,走不多远,便低声对大哥说道,“赶紧吃罢!”大哥点点头。原来也有你!这一件大发见,虽似意外,也在意中:合伙吃我的人,便是我的哥哥!

吃人的是我哥哥!

我是吃人的人的兄弟!

我自己被人吃了,可仍然是吃人的人的兄弟!

五

这几天是退一步想:假使那老头子不是刽子手扮的,真是医生,也仍然是吃人的人。他们的祖师李时珍做的“本草什么”上,明明写着人肉可以煎吃;他还能说自己不吃人么?

至于我家大哥,也毫不冤枉他。他对我讲书的时候,亲口说过可以“易子而食”;又一回偶然议论起一个不好的人,他便说不但该杀,还当“食肉寝皮”。我那时年纪还小,心跳了好半天。前天狼子村佃户来说吃心肝的事,他也毫不奇怪,不住的点头。可见心思是同从前一样狠。既然可以“易子而食”,便什么都易得,什么人都吃得。我从前单听他讲道理,也胡涂过去;现在晓得他讲道理的时候,不但唇边还抹着人油,而且心里满装着吃人的意思。

六

黑漆漆的，不知是日是夜。赵家的狗又叫起来了。

狮子似的凶心，兔子的怯弱，狐狸的狡猾，……

七

我晓得他们的方法，直截杀了，是不肯的，而且也不敢，怕有祸祟。所以他们大家连络，布满了罗网，逼我自戕。试看前几天街上男女的样子，和这几天我大哥的作为，便足可悟出八九分了。最好是解下腰带，挂在梁上，自己紧紧勒死；他们没有杀人的罪名，又偿了心愿，自然都欢天喜地的发出一种呜呜咽咽的笑声。否则惊吓忧愁死了，虽则略瘦，也还可以首肯几下。

他们是只会吃死肉的！——记得什么书上说，有一种东西，叫“海乙那”的，眼光和样子都很难看；时常吃死肉，连极大的骨头，都细细嚼烂，咽下肚子去，想起来也教人害怕。“海乙那”是狼的亲眷，狼是狗的本家。前天赵家的狗，看我几眼，可见他也同谋，早已接洽。老头子眼看着地，岂能瞒得我过。

最可怜的是我的大哥，他也是人，何以毫不害怕；而且合伙吃我呢？还是历来惯了，不以为非呢？还是丧了良心，明知故犯呢？

我诅咒吃人的人，先从他起头；要劝转吃人的人，也先从他下手。

八

其实这种道理，到了现在，他们也该早已懂得，……

忽然来了一个人；年纪不过二十左右，相貌是不很看得清楚，满面笑容，对了我点头，他的笑也不像真笑。我便问他，“吃人的事，对么？”他仍然笑着说，“不是荒年，怎么会吃人。”我立刻就晓得，他也是一伙，喜欢吃人的；便自勇气百倍，偏要问他。

“对么？”

“这等事问他什么。你真会……说笑话。……今天天气很好。”

天气是好，月色也很亮了。可是我要问你，“对么？”

他不以为然了。含含胡胡的答道，“不……”

“不对？他们何以竟吃？！”

“没有的事……”

“没有的事？狼子村现吃；还有书上都写着，通红斩新！”

他便变了脸，铁一般青。睁着眼说，“有许有的，这是从来如此……”

“从来如此，便对么？”

“我不同你讲这些道理；总之你不该说，你说便是你错！”

我直跳起来，张开眼，这人便不见了。全身出了一大片汗。他的年纪，比我大哥小得远，居然也是一伙；这一定是他娘老子先教的。还怕已经教给他儿子了；所以连小孩子，也都恶狠狠的看我。

九

自己想吃人，又怕被别人吃了，都用着疑心极深的眼光，面面相觑。……

去了这心思，放心做事走路吃饭睡觉，何等舒服。这只是一条门槛，一个关头。他们可是父子兄弟夫妇朋友师生仇敌和各不相识的人，都结成一伙，互相劝勉，互相牵掣，死也不肯跨过这一步。

十

大清早，去寻我大哥；他立在堂门外看天，我便走到他背后，拦住门，格外沉静，格外和气的对他说，

“大哥，我有话告诉你。”

“你说就是，”他赶紧回过脸来，点点头。

“我只有几句话，可是说不出来。大哥，大约当初野蛮的人，都吃过一点人。后来因为心思不同，有的不吃人了，一味要好，便变了人，变了真的人。有的却还吃，——也同虫子一样，有的变了鱼鸟猴子，一直变到人。有的不要好，至今还是虫子。这吃人的人比不吃人的人，何等惭愧。怕比虫子的惭愧猴子，还差得很远很远。

“易牙蒸了他儿子，给桀纣吃了，还是一直从前的事。谁晓得从盘古开辟天地以后，一直吃到易牙的儿子；从易牙的儿子，一直吃到徐锡林；从徐锡林，又一直吃到狼子村捉住的人。去年城里杀了犯人，还有一个生痨病的人，

用馒头蘸血舐。

“他们要吃我，你一个人，原也无法可想；然而又何必去入伙。吃人的人，什么事做不出；他们会吃我，也会吃你，一伙里面，也会自吃。但只要转一步，只要立刻改了，也就人人太平。虽然从来如此，我们今天也可以格外要好，说是不能！大哥，我相信你能说，前天佃户要减租，你说过不能。”

当初，他还只是冷笑，随后眼光便凶狠起来，一到说破他们的隐情，那就满脸都变成青色了。大门外立着一伙人，赵贵翁和他的狗，也在里面，都探头探脑的挨进来。有的是看不出面貌，似乎用布蒙着；有的是仍旧青面獠牙，抿着嘴笑，我认识他们是一伙，都是吃人的人。可是也晓得他们心思很不一样，一种是以为从来如此，应该吃的；一种是知道不该吃，可是仍然要吃，又怕别人说破他，所以听了我的话，越发气愤不过，可是抿着嘴冷笑。

这时候，大哥也忽然显出凶相，高声喝道，

“都出去！疯子有什么好看！”

这时候，我又懂得一件他们的巧妙了。他们岂但不肯改，而且早已布置；预备下一个疯子的名目罩上我。将来吃了，不但太平无事，怕还会有人见情。佃户说的大家吃了一个恶人，正是这方法。这是他们的老谱！

陈老五也气愤愤的直走进来。如何按得住我的口，我偏要对这伙人说，

“你们可以改了，从真心改起！要晓得将来容不得吃人的人，活在世上。

“你们要不改，自己也会吃尽。即使生得多，也会给真的人除灭了，同猎人打完狼子一样！——同虫子一样！”

那一伙人，都被陈老五赶走了。大哥也不知那里去了。陈老五劝我回屋子里去。屋里面全是黑沉沉的。横梁和椽子都在头上发抖；抖了一会，就大起

来，堆在我身上。

万分沉重，动弹不得；他的意思是要我死。我晓得他的沉重是假的，便挣扎出来，出了一身汗。可是偏要说，

“你们立刻改了，从真心改起！你们要晓得将来是容不得吃人的人，……”

十一

太阳也不出，门也不开，日日是两顿饭。

我捏起筷子，便想起我大哥；晓得妹子死掉的缘故，也全在他。那时我妹子才五岁，可爱可怜的样子，还在眼前。母亲哭个不住，他却劝母亲不要哭；大约因为自己吃了，哭起来不免有点过意不去。如果还能过意不去，……

妹子是被大哥吃了，母亲知道没有，我可不得而知。

母亲想也知道；不过哭的时候，却并没有说明，大约也以为应当的了。记得我四五岁时，坐在堂前乘凉，大哥说爷娘生病，做儿子的须割下一片肉来，煮熟了请他吃，才算好人；母亲也没有说不行。一片吃得，整个的自然也吃得。但是那天的哭法，现在想起来，实在还教人伤心，这真是奇极的事！

十二

不能想了。

四千年来时时吃人的地方，今天才明白，我也在其中混了多年；大哥正

管着家务，妹子恰恰死了，他未必不和在饭菜里，暗暗给我们吃。

我未必无意之中，不吃了我妹子的几片肉，现在也轮到我自己，……

有了四千年吃人履历的我，当初虽然不知道，现在明白，难见真的人！

十三

没有吃过人的孩子，或者还有？

救救孩子……

一九一八年四月。

孔乙己

鲁镇的酒店的格局，是和别处不同的：都是当街一个曲尺形的大柜台，柜里面预备着热水，可以随时温酒。做工的人，傍午傍晚散了工，每每花四文铜钱，买一碗酒，——这是二十多年前的事，现在每碗要涨到十文，——靠柜外站着，热热的喝了休息；倘肯多花一文，便可以买一碟盐煮笋，或者茴香豆，做下酒物了，如果出到十几文，那就能买一样荤菜，但这些顾客，多是短衣帮，大抵没有这样阔绰。只有穿长衫的，才踱进店面隔壁的房子里，要酒要菜，慢慢地坐喝。

我从十二岁起，便在镇口的咸亨酒店里当伙计，掌柜说，样子太傻，怕侍候不了长衫主顾，就在外面做点事罢。外面的短衣主顾，虽然容易说话，但唠唠叨叨缠夹不清的也很不少。他们往往要亲眼看着黄酒从坛子里舀出，看过壶子底里有水没有，又亲看将壶子放在热水里，然后放心：在这严重监督之下，羼水也很为难。所以过了几天，掌柜又说我干不了这事。幸亏荐头的情面大，辞退不得，便改为专管温酒的一种无聊职务了。

我从此便整天的站在柜台里，专管我的职务。虽然没有什么失职，但总觉有些单调，有些无聊。掌柜是一副凶脸孔，主顾也没有好声气，教人活泼不得;只有孔乙己到店,才可以笑几声,所以至今还记得。

孔乙己是站着喝酒而穿长衫的唯一的人。他身材很高大;青白脸色,皱纹间时常夹些伤痕;一部乱蓬蓬的花白的胡子。穿的虽然是长衫,可是又脏又破,似乎十多年没有补,也没有洗。他对人说话,总是满口之乎者也,教人半懂不懂的。因为他姓孔,别人便从描红纸上的"上大人孔乙己"这半懂不懂的话里,替他取下一个绰号,叫作孔乙己。孔乙己一到店,所有喝酒的人便都看着他笑,有的叫道,"孔乙己,你脸上又添上新伤疤了!"他不回答,对柜里说,"温两碗酒,要一碟茴香豆。"便排出九文大钱。他们又故意的高声嚷道,"你一定又偷了人家的东西了!" 孔乙己睁大眼睛说,"你怎么这样凭空污人清白……""什么清白?我前天亲眼见你偷了何家的书,吊着打。"孔乙己便涨红了脸,额上的青筋条条绽出,争辩道,"窃书不能算偷……窃书!……读书人的事,能算偷么?"接连便是难懂的话,什么"君子固穷",什么"者乎"之类,引得众人都哄笑起来:店内外充满了快活的空气。

听人家背地里谈论,孔乙己原来也读过书,但终于没有进学,又不会营生;于是愈过愈穷,弄到将要讨饭了。幸而写得一笔好字,便替人家钞钞书,换一碗饭吃。可惜他又有一样坏脾气,便是好喝懒做。坐不到几天,便连人和书籍纸张笔砚,一齐失踪。如是几次,叫他钞书的人也没有了。孔乙己没有法,便免不了偶然做些偷窃的事。但他在我们店里,品行却比别人都好,就是从不拖欠;虽然间或没有现钱,暂时记在粉板上,但不出一月,定然还清,从粉板上拭去了孔乙己的名字。

孔乙己喝过半碗酒,涨红的脸色渐渐复了原,旁人便又问道,"孔乙己,你当真认识字么?"孔乙己看着问他的人,显出不屑置辩的神气。他们便接着说道，“你怎的连半个秀才也捞不到呢？”孔乙己立刻显出颓唐不安模样，脸上笼上了一层灰色，嘴里说些话；这回可是全是之乎者也之类，一些不懂了。在这时候，众人也都哄笑起来：店内外充满了快活的空气。

在这些时候，我可以附和着笑，掌柜是决不责备的。而且掌柜见了孔乙己，也每每这样问他，引人发笑。孔乙己自己知道不能和他们谈天，便只好向孩子说话。有一回对我说道，“你读过书么？”我略略点一点头。他说，“读过书，……我便考你一考。茴香豆的茴字，怎样写的？”我想，讨饭一样的人，也配考我么？便回过脸去，不再理会。孔乙己等了许久，很恳切的说道，“不能写罢？……我教给你，记着！这些字应该记着。将来做掌柜的时候，写账要用。”我暗想我和掌柜的等级还很远呢，而且我们掌柜也从不将茴香豆上账；又好笑，又不耐烦，懒懒的答他道，“谁要你教，不是草头底下一个来回的回字么？”孔乙己显出极高兴的样子，将两个指头的长指甲敲着柜台，点头说，“对呀对呀！……回字有四样写法，你知道么？”我愈不耐烦了，努着嘴走远。孔乙己刚用指甲蘸了酒，想在柜上写字，见我毫不热心，便又叹一口气，显出极惋惜的样子。

有几回，邻舍孩子听得笑声，也赶热闹，围住了孔乙己。他便给他们茴香豆吃，一人一颗。孩子吃完豆，仍然不散，眼睛都望着碟子。孔乙己着了慌，伸开五指将碟子罩住，弯腰下去说道，“不多了，我已经不多了。”直起身又看一看豆，自己摇头说，“不多不多！多乎哉？不多也。”于是这一群孩子都在笑声里走散了。

孔乙己是这样的使人快活，可是没有他，别人也便这么过。

有一天，大约是中秋前的两三天，掌柜正在慢慢的结账，取下粉板，忽然说，“孔乙己长久没有来了。还欠十九个钱呢！”我才也觉得他的确长久没有来了。一个喝酒的人说道，“他怎么会来？……他打折了腿了。”掌柜说，“哦！”“他总仍旧是偷。这一回，是自己发昏，竟偷到丁举人家里去了。他家的东西，偷得的么？”“后来怎么样？”“怎么样？先写服辩，后来是打，打了大半夜，再打折了腿。”“后来呢？”“后来打折了腿了。”“打折了怎样呢？”“怎样？……谁晓得？许是死了。”掌柜也不再问，仍然慢慢的算他的账。

中秋过后，秋风是一天凉比一天，看看将近初冬；我整天的靠着火，也须穿上棉袄了。一天的下半天，没有一个顾客，我正合了眼坐着。忽然间听得一个声音，“温一碗酒。”这声音虽然极低，却很耳熟。看时又全没有人。站起来向外一望，那孔乙己便在柜台下对了门槛坐着。他脸上黑而且瘦，已经不成样子；穿一件破夹袄，盘着两腿，下面垫一个蒲包，用草绳在肩上挂住；见了我，又说道，“温一碗酒。”掌柜也伸出头去，一面说，“孔乙己么？你还欠十九个钱呢！”孔乙己很颓唐的仰面答道，“这……下回还清罢。这一回是现钱，酒要好。”掌柜仍然同平常一样，笑着对他说，“孔乙己，你又偷了东西了！”但他这回却不十分分辩，单说了一句“不要取笑！”“取笑？要是不偷，怎么会打断腿？”孔乙己低声说道，“跌断，跌，跌……”他的眼色，很像恳求掌柜，不要再提。此时已经聚集了几个人，便和掌柜都笑了。我温了酒，端出去，放在门槛上。他从破衣袋里摸出四文大钱，放在我手里，见他满手是泥，原来他便用这手走来的。不一会，他喝完酒，便又在旁人的说笑声中，坐着用这手慢慢走去了。

自此以后，又长久没有看见孔乙己。到了年关，掌柜取下粉板说，“孔乙己还欠十九个钱呢！”到第二年的端午，又说“孔乙己还欠十九个钱呢！”到中秋可是没有说,再到年关也没有看见他。

我到现在终于没有见——大约孔乙己的确死了。

一九一九年三月。

药

一

秋天的后半夜，月亮下去了，太阳还没有出，只剩下一片乌蓝的天；除了夜游的东西，什么都睡着。华老栓忽然坐起身，擦着火柴，点上遍身油腻的灯盏，茶馆的两间屋子里，便弥满了青白的光。

"小栓的爹，你就去么?"是一个老女人的声音。里边的小屋子里，也发出一阵咳嗽。

"唔。"老栓一面听，一面应，一面扣上衣服；伸手过去说，"你给我罢。"

华大妈在枕头底下掏了半天，掏出一包洋钱，交给老栓，老栓接了，抖抖的装入衣袋，又在外面按了两下；便点上灯笼，吹熄灯盏，走向里屋子去了。那屋子里面，正在窸窸窣窣的响，接着便是一通咳嗽。老栓候他平静下去，才低低的叫道，"小栓……你不要起来。……店么?你娘会安排的。"

老栓听得儿子不再说话，料他安心睡了；便出了门，走到街上。街上黑沉沉的一无所有，只有一条灰白的路，看得分明。灯光照着他的两脚，一前一后的走。有时也遇到几只狗，可是一只也没有叫。天气比屋子里冷得多了；老栓倒觉爽快，仿佛一旦变了少年，得了神通，有给人生命的本领似的，跨步格外高远。而且路也愈走愈分明，天也愈走愈亮了。

老栓正在专心走路，忽然吃了一惊，远远里看见一条丁字街，明明白白横着。他便退了几步，寻到一家关着门的铺子，蹩进檐下，靠门立住了。好一会，身上觉得有些发冷。

“哼，老头子。”

“倒高兴……。”

老栓又吃一惊，睁眼看时，几个人从他面前过去了。一个还回头看他，样子不甚分明，但很像久饿的人见了食物一般，眼里闪出一种攫取的光。老栓看看灯笼，已经熄了。按一按衣袋，硬硬的还在。仰起头两面一望，只见许多古怪的人，三三两两，鬼似的在那里徘徊；定睛再看，却也看不出什么别的奇怪。

没有多久，又见几个兵，在那边走动；衣服前后的一个大白圆圈，远地里也看得清楚，走过面前的，并且看出号衣上暗红色的镶边。——一阵脚步声响，一眨眼，已经拥过了一大簇人。那三三两两的人，也忽然合作一堆，潮一般向前赶；将到丁字街口，便突然立住，簇成一个半圆。

老栓也向那边看，却只见一堆人的后背；颈项都伸得很长，仿佛许多鸭，被无形的手捏住了的，向上提着。静了一会，似乎有点声音，便又动摇起来，轰的一声，都向后退；一直散到老栓立着的地方，几乎将他挤倒了。

“喂！一手交钱，一手交货！”一个浑身黑色的人，站在老栓面前，眼光正像两把刀，刺得老栓缩小了一半。那人一只大手，向他摊着；一只手却撮着一个鲜红的馒头，那红的还是一点一点的往下滴。

老栓慌忙摸出洋钱，抖抖的想交给他，却又不敢去接他的东西。那人便焦急起来，嚷道，“怕什么?怎的不拿!”老栓还踌躇着；黑的人便抢过灯笼，一把扯下纸罩，裹了馒头，塞与老栓；一手抓过洋钱，捏一捏，转身去了。嘴里哼着说，“这老东西……。”

“这给谁治病的呀?”老栓也似乎听得有人问他，但他并不答应；他的精神，现在只在一个包上，仿佛抱着一个十世单传的婴儿，别的事情，都已置之度外了。他现在要将这包里的新的生命，移植到他家里，收获许多幸福。太阳也出来了；在他面前，显出一条大道，直到他家中，后面也照见丁字街头破匾上“古□亭口”这四个黯淡的金字。

二

老栓走到家，店面早经收拾干净，一排一排的茶桌，滑溜溜的发光。但是没有客人；只有小栓坐在里排的桌前吃饭，大粒的汗，从额上滚下，夹袄也帖住了脊心，两块肩胛骨高高凸出，印成一个阳文的“八”字。老栓见这样子，不免皱一皱展开的眉心。他的女人，从灶下急急走出，睁着眼睛，嘴唇有些发抖。

“得了么?”

“得了。”

两个人一齐走进灶下，商量了一会；华大妈便出去了，不多时，拿着一片老荷叶回来，摊在桌上。老栓也打开灯笼罩，用荷叶重新包了那红的馒头。小栓也吃完饭，他的母亲慌忙说：“小栓——你坐着，不要到这里来。”一面整顿了灶火,老栓便把一个碧绿的包,一个红红白白的破灯笼,一同塞在灶里;一阵红黑的火焰过去时,店屋里散满了一种奇怪的香味。

“好香!你们吃什么点心呀?”这是驼背五少爷到了。这人每天总在茶馆里过日,来得最早,去得最迟,此时恰恰蹩到临街的壁角的桌边,便坐下问话,然而没有人答应他。“炒米粥么?”仍然没有人应。老栓匆匆走出,给他泡上茶。

“小栓进来罢!”华大妈叫小栓进了里面的屋子,中间放好一条凳,小栓坐了。他的母亲端过一碟乌黑的圆东西,轻轻说:

“吃下去罢,——病便好了。”

小栓撮起这黑东西,看了一会,似乎拿着自己的性命一般,心里说不出的奇怪。十分小心的拗开了,焦皮里面窜出一道白气,白气散了,是两半个白面的馒头。——不多工夫,已经全在肚里了,却全忘了什么味;面前只剩下一张空盘。他的旁边,一面立着他的父亲,一面立着他的母亲,两人的眼光,都仿佛要在他身里注进什么又要取出什么似的;便禁不住心跳起来,按着胸膛,又是一阵咳嗽。

“睡一会罢,——便好了。”

小栓依他母亲的话,咳着睡了。华大妈候他喘气平静,才轻轻的给他盖上了满幅补钉的夹被。

三

店里坐着许多人,老栓也忙了,提着大铜壶,一趟一趟的给客人冲茶;两个眼眶，都围着一圈黑线。

“老栓，你有些不舒服么？——你生病么？”一个花白胡子的人说。

“没有。”

“没有？——我想笑嘻嘻的，原也不像……”花白胡子便取消了自己的话。

“老栓只是忙。要是他的儿子……”驼背五少爷话还未完，突然闯进了一个满脸横肉的人，披一件玄色布衫，散着纽扣，用很宽的玄色腰带，胡乱捆在腰间。刚进门，便对老栓嚷道：

“吃了么？好了么？老栓，就是运气了你！你运气，要不是我信息灵……。”

老栓一手提了茶壶，一手恭恭敬敬的垂着；笑嘻嘻的听。满座的人，也都恭恭敬敬的听。华大妈也黑着眼眶，笑嘻嘻的送出茶碗茶叶来，加上一个橄榄，老栓便去冲了水。

“这是包好！这是与众不同的。你想，趁热的拿来，趁热吃下。”横肉的人只是嚷。

“真的呢，要没有康大叔照顾，怎么会这样……”华大妈也很感激的谢他。

“包好，包好！这样的趁热吃下。这样的人血馒头，什么痨病都包好！”

华大妈听到“痨病”这两个字，变了一点脸色，似乎有些不高兴；但又立刻堆上笑，搭赸着走开了。这康大叔却没有觉察，仍然提高了喉咙只是嚷，嚷得里面睡着的小栓也合伙咳嗽起来。

“原来你家小栓碰到了这样的好运气了。这病自然一定全好；怪不得老栓整天的笑着呢。”花白胡子一面说，一面走到康大叔面前，低声下气的问道,“康大叔——听说今天结果的一个犯人，便是夏家的孩子，那是谁的孩子?究竟是什么事?”

“谁的?不就是夏四奶奶的儿子么?那个小家伙!”康大叔见众人都耸起耳朵听他,便格外高兴,横肉块块饱绽,越发大声说,“这小东西不要命,不要就是了。我可是这一回一点没有得到好处;连剥下来的衣服,都给管牢的红眼睛阿义拿去了。——第一要算我们栓叔运气;第二是夏三爷赏了二十五两雪白的银子,独自落腰包,一文不花。”

小栓慢慢的从小屋子走出,两手按了胸口,不住的咳嗽;走到灶下,盛出一碗冷饭,泡上热水,坐下便吃。华大妈跟着他走,轻轻的问道,“小栓,你好些么?——你仍旧只是肚饿?……”

“包好,包好!”康大叔瞥了小栓一眼,仍然回过脸,对众人说,“夏三爷真是乖角儿,要是他不先告官,连他满门抄斩。现在怎样?银子!——这小东西也真不成东西!关在牢里,还要劝牢头造反。”

“阿呀,那还了得。”坐在后排的一个二十多岁的人,很现出气愤模样。

“你要晓得红眼睛阿义是去盘盘底细的,他却和他攀谈了。他说:这大清的天下是我们大家的。你想:这是人话么?红眼睛原知道他家里只有一个老娘,可是没有料到他竟会那么穷,榨不出一点油水,已经气破肚皮了。他还要老虎头上搔痒,便给他两个嘴巴!”

“义哥是一手好拳棒,这两下,一定够他受用了。”壁角的驼背忽然高兴起来。

“他这贱骨头打不怕,还要说可怜可怜哩。”

花白胡子的人说,“打了这种东西,有什么可怜呢?”

康大叔显出看他不上的样子，冷笑着说，“你没有听清我的话；看他神气，是说阿义可怜哩！”

听着的人的眼光，忽然有些板滞；话也停顿了。小栓已经吃完饭，吃得满身流汗，头上都冒出蒸气来。

“阿义可怜——疯话，简直是发了疯了。”花白胡子恍然大悟似的说。

“发了疯了。”二十多岁的人也恍然大悟的说。

店里的坐客，便又现出活气，谈笑起来。小栓也趁着热闹，拼命咳嗽；康大叔走上前，拍他肩膀说：

“包好！小栓——你不要这么咳。包好！”

“疯了。”驼背五少爷点着头说。

四

西关外靠着城根的地面，本是一块官地；中间歪歪斜斜一条细路，是贪走便道的人，用鞋底造成的，但却成了自然的界限。路的左边，都埋着死刑和瘐毙的人，右边是穷人的丛冢。两面都已埋到层层叠叠，宛然阔人家里祝寿时候的馒头。

这一年的清明，分外寒冷；杨柳才吐出半粒米大的新芽。天明未久，华大妈已在右边的一坐新坟前面，排出四碟菜，一碗饭，哭了一场。化过纸，呆呆的坐在地上；仿佛等候什么似的，但自己也说不出等候什么。微风起来，吹动他短发，确乎比去年白得多了。

小路上又来了一个女人，也是半白头发，褴褛的衣裙；提一个破旧的朱漆圆篮,外挂一串纸锭,三步一歇的走。忽然见华大妈坐在地上看他,便有些踌躇,惨白的脸上,现出些羞愧的颜色;但终于硬着头皮,走到左边的一坐坟前,放下了篮子。

那坟与小栓的坟,一字儿排着,中间只隔一条小路。华大妈看他排好四碟菜,一碗饭,立着哭了一通,化过纸锭;心里暗暗地想,"这坟里的也是儿子了。"那老女人徘徊观望了一回,忽然手脚有些发抖,跄跄踉踉退下几步,瞪着眼只是发怔。

华大妈见这样子,生怕他伤心到快要发狂了;便忍不住立起身,跨过小路,低声对他说,"你这位老奶奶不要伤心了,——我们还是回去罢。"

那人点一点头,眼睛仍然向上瞪着;也低声吃吃的说道,"你看,——看这是什么呢?"

华大妈跟了他指头看去,眼光便到了前面的坟,这坟上草根还没有全合,露出一块一块的黄土,煞是难看。再往上仔细看时,却不觉也吃一惊;——分明有一圈红白的花,围着那尖圆的坟顶。

他们的眼睛都已老花多年了,但望这红白的花,却还能明白看见。花也不很多,圆圆的排成一个圈,不很精神,倒也整齐。华大妈忙看他儿子和别人的坟,却只有不怕冷的几点青白小花,零星开着;便觉得心里忽然感到一种不足和空虚,不愿意根究。那老女人又走近几步,细看了一遍,自言自语的说,"这没有根,不像自己开的。——这地方有谁来呢?孩子不会来玩;——亲戚本家早不来了。——这是怎么一回事呢?"他想了又想,忽又流下泪来,大声说道:

"瑜儿,他们都冤枉了你,你还是忘不了,伤心不过,今天特意显点灵,要我知道么?”他四面一看,只见一只乌鸦,站在一株没有叶的树上,便接着说,“我知道了。——瑜儿,可怜他们坑了你,他们将来总有报应,天都知道;你闭了眼睛就是了。——你如果真在这里,听到我的话,——便教这乌鸦飞上你的坟顶,给我看罢。”

微风早经停息了;枯草支支直立,有如铜丝。一丝发抖的声音,在空气中愈颤愈细,细到没有,周围便都是死一般静。两人站在枯草丛里,仰面看那乌鸦;那乌鸦也在笔直的树枝间,缩着头,铁铸一般站着。

许多的工夫过去了;上坟的人渐渐增多,几个老的小的,在土坟间出没。

华大妈不知怎的,似乎卸下了一挑重担,便想到要走;一面劝着说,“我们还是回去罢。”

那老女人叹一口气,无精打采的收起饭菜;又迟疑了一刻,终于慢慢地走了。嘴里自言自语的说,“这是怎么一回事呢?……”

他们走不上二三十步远,忽听得背后“哑——”的一声大叫;两个人都竦然的回过头,只见那乌鸦张开两翅,一挫身,直向着远处的天空,箭也似的飞去了。

一九一九年四月。

明　天

“没有声音，——小东西怎了？”

红鼻子老拱手里擎了一碗黄酒，说着，向间壁努一努嘴。蓝皮阿五便放下酒碗，在他脊梁上用死劲的打了一掌，含含糊糊嚷道：

“你……你你又在想心思……。”

原来鲁镇是僻静地方，还有些古风：不上一更，大家便都关门睡觉。深更半夜没有睡的只有两家：一家是咸亨酒店，几个酒肉朋友围着柜台，吃喝得正高兴；一家便是间壁的单四嫂子，他自从前年守了寡，便须专靠着自己的一双手纺出棉纱来，养活他自己和他三岁的儿子，所以睡的也迟。

这几天，确凿没有纺纱的声音了。但夜深没有睡的既然只有两家，这单四嫂子家有声音，便自然只有老拱们听到，没有声音，也只有老拱们听到。

老拱挨了打，仿佛很舒服似的喝了一大口酒，呜呜的唱起小曲来。

这时候，单四嫂子正抱着他的宝儿，坐在床沿上，纺车静静的立在地上。黑沉沉的灯光，照着宝儿的脸，绯红里带一点青。单四嫂子心里计算：神签也求过了，愿心也许过了，单方也吃过了，要是还不见效，怎么好？——那只有去诊何小仙了。但宝儿也许是日轻夜重，到了明天，太阳一出，热也会退，气喘也会平的:这实在是病人常有的事。

单四嫂子是一个粗笨女人,不明白这"但"字的可怕:许多坏事固然幸亏有了他才变好,许多好事却也因为有了他都弄糟。夏天夜短,老拱们呜呜的唱完了不多时,东方已经发白;不一会,窗缝里透进了银白色的曙光。

单四嫂子等候天明,却不像别人这样容易,觉得非常之慢,宝儿的一呼吸,几乎长过一年。现在居然明亮了;天的明亮,压倒了灯光,——看见宝儿的鼻翼,已经一放一收的扇动。

单四嫂子知道不妙,暗暗叫一声"阿呀!"心里计算:怎么好?只有去诊何小仙这一条路了。他虽然是粗笨女人,心里却有决断,便站起身,从木柜子里掏出每天节省下来的十三个小银元和一百八十铜钱,都装在衣袋里,锁上门,抱着宝儿直向何家奔过去。

天气还早,何家已经坐着四个病人了。他摸出四角银元,买了号签,第五个便轮到宝儿。何小仙伸开两个指头按脉,指甲足有四寸多长,单四嫂子暗地纳罕,心里计算:宝儿该有活命了。但总免不了着急,忍不住要问,便局局促促的说:

"先生,——我家的宝儿什么病呀?"

"他中焦塞着。"

"不妨事么?他……"

"先去吃两帖。"

"他喘不过气来,鼻翅子都扇着呢。"

"这是火克金……"

何小仙说了半句话，便闭上眼睛；单四嫂子也不好意思再问。在何小仙对面坐着的一个三十多岁的人，此时已经开好一张药方，指着纸角上的几个字说道：

“这第一味保婴活命丸，须是贾家济世老店才有！”

单四嫂子接过药方，一面走，一面想。他虽是粗笨女人，却知道何家与济世老店与自己的家，正是一个三角点；自然是买了药回去便宜了。于是又径向济世老店奔过去。店伙也翘了长指甲慢慢的看方，慢慢的包药。单四嫂子抱了宝儿等着；宝儿忽然擎起小手来，用力拔他散乱着的一绺头发，这是从来没有的举动，单四嫂子怕得发怔。

太阳早出了。单四嫂子抱了孩子，带着药包，越走觉得越重；孩子又不住的挣扎，路也觉得越长。没奈何坐在路旁一家公馆的门槛上，休息了一会，衣服渐渐的冰着肌肤，才知道自己出了一身汗；宝儿却仿佛睡着了。他再起来慢慢地走，仍然支撑不得，耳朵边忽然听得人说：

“单四嫂子，我替你抱勃罗！”似乎是蓝皮阿五的声音。

他抬头看时，正是蓝皮阿五，睡眼朦胧的跟着他走。

单四嫂子在这时候，虽然很希望降下一员天将，助他一臂之力，却不愿是阿五。但阿五有点侠气，无论如何，总是偏要帮忙，所以推让了一会，终于得了许可了。他便伸开臂膊，从单四嫂子的乳房和孩子中间，直伸下去，抱去了孩子。单四嫂子便觉乳房上发了一条热，刹时间直热到脸上和耳根。

他们两人离开了二尺五寸多地，一同走着。阿五说些话，单四嫂子却大半没有答。走了不多时候，阿五又将孩子还给他，说是昨天与朋友约定的吃饭时候到了；单四嫂子便接了孩子。幸而不远便是家，早看见对门的王九妈在街边上坐着，远远地说话：

"单四嫂子，孩子怎了？——看过先生了么？"

"看是看了。——王九妈，你有年纪，见的多，不如请你老法眼看一看，怎样……"

"唔……"

"怎样……？"

"唔……"王九妈端详了一番，把头点了两点，摇了两摇。

宝儿吃下药，已经是午后了。单四嫂子留心看他神情，似乎仿佛平稳了不少；到得下午，忽然睁开眼叫了一声"妈！"又仍然合上眼，像是睡去了。他睡了一刻，额上鼻尖都沁出一粒一粒的汗珠，单四嫂子轻轻一摸，胶水般粘着手；慌忙去摸胸口，便禁不住呜咽起来。

宝儿的呼吸从平稳变到没有，单四嫂子的声音也就从呜咽变成号咷。这时聚集了几堆人：门内是王九妈蓝皮阿五之类，门外是咸亨的掌柜和红鼻子老拱之类。王九妈便发命令，烧了一串纸钱；又将两条板凳和五件衣服作抵，替单四嫂子借了两块洋钱，给帮忙的人备饭。

第一个问题是棺木。单四嫂子还有一副银耳环和一支裹金的银簪，都交给了咸亨的掌柜，托他作一个保，半现半赊的买一具棺木。蓝皮阿五也伸出手来，很愿意自告奋勇；王九妈却不许他，只准他明天抬棺材的差使，阿五骂了一声"老畜生"，怏怏的努了嘴站着。掌柜便自去了；晚上回来，说棺木须得现做，后半夜才成功。

掌柜回来的时候，帮忙的人早吃过饭；因为鲁镇还有些古风，所以不上一更，便都回家睡觉了。只有阿五还靠着咸亨的柜台喝酒，老拱也呜呜的唱。

这时候，单四嫂子坐在床沿上哭着，宝儿在床上躺着，纺车静静的在地上立着。许多工夫，单四嫂子的眼泪宣告完结了，眼睛张得很大，看看四面的情形，觉得奇怪：所有的都是不会有的事。他心里计算：不过是梦罢了，这些事都是梦。明天醒过来，自己好好的睡在床上，宝儿也好好的睡在自己身边。他也醒过来，叫一声"妈"，生龙活虎似的跳去玩了。

老拱的歌声早经寂静，咸亨也熄了灯。单四嫂子张着眼，总不信所有的事。——鸡也叫了；东方渐渐发白，窗缝里透进了银白色的曙光。

银白的曙光又渐渐显出绯红，太阳光接着照到屋脊。单四嫂子张着眼，呆呆坐着；听得打门声音，才吃了一吓，跑出去开门。门外一个不认识的人，背了一件东西；后面站着王九妈。

哦，他们背了棺材来了。

下半天，棺木才合上盖：因为单四嫂子哭一回，看一回，总不肯死心塌地的盖上；幸亏王九妈等得不耐烦，气愤愤的跑上前，一把拖开他，才七手八脚的盖上了。

但单四嫂子待他的宝儿，实在已经尽了心，再没有什么缺陷。昨天烧过一串纸钱，上午又烧了四十九卷《大悲咒》；收殓的时候，给他穿上顶新的衣裳，平日喜欢的玩意儿，—— 一个泥人，两个小木碗，两个玻璃瓶，——都放在枕头旁边。后来王九妈掐着指头仔细推敲，也终于想不出一些什么缺陷。

这一日里，蓝皮阿五简直整天没有到；咸亨掌柜便替单四嫂子雇了两名脚夫，每名二百另十个大钱，抬棺木到义冢地上安放。王九妈又帮他煮了饭，凡是动过手开过口的人都吃了饭。太阳渐渐显出要落山的颜色；吃过饭的人也不觉都显出要回家的颜色，——于是他们终于都回了家。

单四嫂子很觉得头眩，歇息了一会，倒居然有点平稳了。但他接连着便觉得很异样：遇到了平生没有遇到过的事，不像会有的事，然而的确出现了。他越想越奇，又感到一件异样的事——这屋子忽然太静了。

他站起身，点上灯火，屋子越显得静。他昏昏的走去关上门，回来坐在床沿上，纺车静静的立在地上。他定一定神，四面一看，更觉得坐立不得，屋子不但太静，而且也太大了，东西也太空了。太大的屋子四面包围着他，太空的东西四面压着他，叫他喘气不得。

他现在知道他的宝儿确乎死了；不愿意见这屋子，吹熄了灯，躺着。他一面哭，一面想：想那时候，自己纺着棉纱，宝儿坐在身边吃茴香豆，瞪着一双小黑眼睛想了一刻，便说，"妈！爹卖馄饨，我大了也卖馄饨，卖许多许多钱，——我都给你。"那时候，真是连纺出的棉纱，也仿佛寸寸都有意思，寸寸都活着。但现在怎么了？现在的事，单四嫂子却实在没有想到什么。——我早经说过：他是粗笨女人。他能想出什么呢？他单觉得这屋子太静，太大，太空罢了。

但单四嫂子虽然粗笨，却知道还魂是不能有的事，他的宝儿也的确不能再见了。叹一口气，自言自语的说，"宝儿，你该还在这里，你给我梦里见见罢。"于是合上眼，想赶快睡去，会他的宝儿，苦苦的呼吸通过了静和大和空虚，自己听得明白。

单四嫂子终于朦朦胧胧的走入睡乡，全屋子都很静。这时红鼻子老拱的小曲，也早经唱完；跄跄踉踉出了咸亨，却又提尖了喉咙，唱道：

"我的冤家呀！——可怜你，——孤另另的……"

蓝皮阿五便伸手揪住了老拱的肩头,两个人七歪八斜的笑着挤着走去。

单四嫂子早睡着了,老拱们也走了,咸亨也关上门了。这时的鲁镇,便完全落在寂静里。只有那暗夜为想变成明天,却仍在这寂静里奔波;另有几条狗,也躲在暗地里呜呜的叫。

一九二〇年六月。

一件小事

我从乡下跑到京城里，一转眼已经六年了。其间耳闻目睹的所谓国家大事，算起来也很不少；但在我心里，都不留什么痕迹，倘要我寻出这些事的影响来说，便只是增长了我的坏脾气，——老实说，便是教我一天比一天的看不起人。

但有一件小事，却于我有意义，将我从坏脾气里拖开，使我至今忘记不得。

这是民国六年的冬天，大北风刮得正猛，我因为生计关系，不得不一早在路上走。一路几乎遇不见人，好容易才雇定了一辆人力车，教他拉到S门去。不一会，北风小了，路上浮尘早已刮净，剩下一条洁白的大道来，车夫也跑得更快。刚近S门，忽而车把上带着一个人，慢慢地倒了。

跌倒的是一个女人，花白头发，衣服都很破烂。伊从马路边上突然向车前横截过来；车夫已经让开道，但伊的破棉背心没有上扣，微风吹着，向外展开，所以终于兜着车把。幸而车夫早有点停步，否则伊定要栽一个大觔斗，跌到头破血出了。

伊伏在地上；车夫便也立住脚。我料定这老女人并没有伤，又没有别人看见,便很怪他多事,要自己惹出是非,也误了我的路。

我便对他说,“没有什么的。走你的罢!”

车夫毫不理会,——或者并没有听到,——却放下车子,扶那老女人慢慢起来,搀着臂膊立定,问伊说:

“你怎么啦?”

“我摔坏了。”

我想,我眼见你慢慢倒地,怎么会摔坏呢,装腔作势罢了,这真可憎恶。车夫多事,也正是自讨苦吃,现在你自己想法去。

车夫听了这老女人的话,却毫不踌躇,仍然搀着伊的臂膊,便一步一步的向前走。我有些诧异,忙看前面,是一所巡警分驻所,大风之后,外面也不见人。这车夫扶着那老女人,便正是向那大门走去。

我这时突然感到一种异样的感觉,觉得他满身灰尘的后影,剎时高大了,而且愈走愈大,须仰视才见。而且他对于我,渐渐的又几乎变成一种威压,甚而至于要榨出皮袍下面藏着的“小”来。

我的活力这时大约有些凝滞了,坐着没有动,也没有想,直到看见分驻所里走出一个巡警,才下了车。

巡警走近我说,“你自己雇车罢,他不能拉你了。”

我没有思索的从外套袋里抓出一大把铜元,交给巡警,说,“请你给他……”

风全住了,路上还很静。我走着,一面想,几乎怕敢想到我自己。以前的事姑且搁起,这一大把铜元又是什么意思?奖他么?我还能裁判车夫么?我不能回答自己。

这事到了现在，还是时时记起。我因此也时时熬了苦痛，努力的要想到我自己。几年来的文治武力，在我早如幼小时候所读过的“子曰诗云”一般，背不上半句了。独有这一件小事，却总是浮在我眼前，有时反更分明，教我惭愧，催我自新，并且增长我的勇气和希望。

一九二〇年七月。

头发的故事

星期日的早晨，我揭去一张隔夜的日历，向着新的那一张上看了又看的说：

"阿，十月十日，——今天原来正是双十节。这里却一点没有记载！"

我的一位前辈先生N，正走到我的寓里来谈闲天，一听这话，便很不高兴的对我说：

"他们对！他们不记得，你怎样他；你记得，又怎样呢？"

这位N先生本来脾气有点乖张，时常生些无谓的气，说些不通世故的话。当这时候，我大抵任他自言自语，不赞一辞；他独自发完议论，也就算了。

他说：

"我最佩服北京双十节的情形。早晨，警察到门，吩咐道'挂旗！''是，挂旗！'各家大半懒洋洋的踱出一个国民来，撅起一块斑驳陆离的洋布。这样一直到夜，——收了旗关门；几家偶然忘却的，便挂到第二天的上午。

"他们忘却了纪念，纪念也忘却了他们！

"我也是忘却了纪念的一个人。倘使纪念起来，那第一个双十节前后的事，便都上我的心头，使我坐立不稳了。

“多少故人的脸，都浮在我眼前。几个少年辛苦奔走了十多年，暗地里一颗弹丸要了他的性命；几个少年一击不中，在监牢里身受一个多月的苦刑；几个少年怀着远志，忽然踪影全无，连尸首也不知那里去了。——

“他们都在社会的冷笑恶骂迫害倾陷里过了一生；现在他们的坟墓也早在忘却里渐渐平塌下去了。

“我不堪纪念这些事。

“我们还是记起一点得意的事来谈谈罢。”

N忽然现出笑容，伸手在自己头上一摸，高声说：

“我最得意的是自从第一个双十节以后，我在路上走，不再被人笑骂了。

“老兄，你可知道头发是我们中国人的宝贝和冤家，古今来多少人在这上头吃些毫无价值的苦呵！

“我们的很古的古人，对于头发似乎也还看轻。据刑法看来，最要紧的自然是脑袋，所以大辟是上刑；次要便是生殖器了，所以宫刑和幽闭也是一件吓人的罚；至于髡，那是微乎其微了，然而推想起来，正不知道曾有多少人们因为光着头皮便被社会践踏了一生世。

“我们讲革命的时候，大谈什么扬州十日，嘉定屠城，其实也不过一种手段；老实说：那时中国人的反抗，何尝因为亡国，只是因为拖辫子。

“顽民杀尽了，遗老都寿终了，辫子早留定了，洪杨又闹起来了。我的祖母曾对我说，那时做百姓才难哩，全留着头发的被官兵杀，还是辫子的便被长毛杀！

“我不知道有多少中国人只因为这不痛不痒的头发而吃苦，受难，灭亡。”

N两眼望着屋梁，似乎想些事，仍然说：

“谁知道头发的苦轮到我了。

“我出去留学，便剪掉了辫子，这并没有别的奥妙，只为他太不便当罢了。不料有几位辫子盘在头顶上的同学们便很厌恶我；监督也大怒，说要停了我的官费，送回中国去。

“不几天，这位监督却自己被人剪去辫子逃走了。去剪的人们里面，一个便是做《革命军》的邹容，这人也因此不能再留学，回到上海来，后来死在西牢里。你也早已忘却了罢？

“过了几年，我的家景大不如前了，非谋点事做便要受饿，只得也回到中国来。我一到上海，便买定一条假辫子，那时是二元的市价，带着回家。我的母亲倒也不说什么，然而旁人一见面，便都首先研究这辫子，待到知道是假，就一声冷笑，将我拟为杀头的罪名；有一位本家，还预备去告官，但后来因为恐怕革命党的造反或者要成功，这才中止了。

“我想，假的不如真的直截爽快，我便索性废了假辫子，穿着西装在街上走。

“一路走去，一路便是笑骂的声音，有的还跟在后面骂：‘这冒失鬼！’‘假洋鬼子！’

“我于是不穿洋服了，改了大衫，他们骂得更利害。

“在这日暮途穷的时候，我的手里才添出一支手杖来，拚命的打了几回，他们渐渐的不骂了。只是走到没有打过的生地方还是骂。

“这件事很使我悲哀，至今还时时记得哩。我在留学的时候，曾经看见日报上登载一个游历南洋和中国的本多博士的事；这位博士是不懂中国和马来语的人，人问他，你不懂话，怎么走路呢？他拿起手杖来说，这便是他们的话，他们都懂！我因此气愤了好几天，谁知道我竟不知不觉的自己也做了。而且那些人都懂了。……

“宣统初年，我在本地的中学校做监学，同事是避之惟恐不远，官僚是防之惟恐不严，我终日如坐在冰窖子里，如站在刑场旁边，其实并非别的，只因为缺少了一条辫子！

“有一日，几个学生忽然走到我的房里来，说，‘先生，我们要剪辫子了。’我说，‘不行！’‘有辫子好呢，没有辫子好呢？’‘没有辫子好……’‘你怎么说不行呢？’‘犯不上，你们还是不剪上算，——等一等罢。’他们不说什么，撅着嘴唇走出房去；然而终于剪掉了。

“呵！不得了了，人言啧啧了；我却只装作不知道，一任他们光着头皮，和许多辫子一齐上讲堂。

“然而这剪辫病传染了；第三天，师范学堂的学生忽然也剪下了六条辫子，晚上便开除了六个学生。这六个人，留校不能，回家不得，一直挨到第一个双十节之后又一个多月，才消去了犯罪的火烙印。

“我呢？也一样，只是元年冬天到北京，还被人骂过几次，后来骂我的人也被警察剪去了辫子，我就不再被人辱骂了；但我没有到乡间去。”

N显出非常得意模样，忽而又沉下脸来：

“现在你们这些理想家，又在那里嚷什么女子剪发了，又要造出许多毫无所得而痛苦的人！

“现在不是已经有剪掉头发的女人，因此考不进学校去，或者被学校除了名么？

“改革么，武器在那里？工读么，工厂在那里？

“仍然留起，嫁给人家做媳妇去：忘却了一切还是幸福，倘使伊记着些平等自由的话，便要苦痛一生世！

“我要借了阿尔志跋绥夫的话问你们：你们将黄金时代的出现豫约给这些人们的子孙了，但有什么给这些人们自己呢？

“阿，造物的皮鞭没有到中国的脊梁上时，中国便永远是这一样的中国，决不肯自己改变一支毫毛！

“你们的嘴里既然并无毒牙，何以偏要在额上帖起‘蝮蛇’两个大字，引乞丐来打杀？……”

N愈说愈离奇了，但一见到我不很愿听的神情，便立刻闭了口，站起来取帽子。

我说，“回去么？”

他答道，“是的，天要下雨了。”

我默默的送他到门口。

他戴上帽子说：

“再见！请你恕我打搅，好在明天便不是双十节，我们统可以忘却了。”

一九二〇年十月。

风　波

临河的土场上，太阳渐渐的收了他通黄的光线了。场边靠河的乌桕树叶，干巴巴的才喘过气来，几个花脚蚊子在下面哼着飞舞。面河的农家的烟突里，逐渐减少了炊烟，女人孩子们都在自己门口的土场上泼些水，放下小桌子和矮凳；人知道，这已经是晚饭时候了。

老人男人坐在矮凳上，摇着大芭蕉扇闲谈，孩子飞也似的跑，或者蹲在乌桕树下赌玩石子。女人端出乌黑的蒸干菜和松花黄的米饭，热蓬蓬冒烟。河里驶过文人的酒船，文豪见了，大发诗兴，说："无思无虑，这真是田家乐呵！"

但文豪的话有些不合事实，就因为他们没有听到九斤老太的话。这时候，九斤老太正在大怒，拿破芭蕉扇敲着凳脚说：

"我活到七十九岁了，活够了，不愿意眼见这些败家相，——还是死的好。立刻就要吃饭了，还吃炒豆子，吃穷了一家子！"

伊的曾孙女儿六斤捏着一把豆，正从对面跑来，见这情形，便直奔河边，藏在乌桕树后，伸出双丫角的小头，大声说，"这老不死的！"

九斤老太虽然高寿，耳朵却还不很聋，但也没有听到孩子的话，仍旧自己说，"这真是一代不如一代！"

这村庄的习惯有点特别，女人生下孩子，多喜欢用秤称了轻重，便用斤数当作小名。九斤老太自从庆祝了五十大寿以后，便渐渐的变了不平家，常说伊年青的时候，天气没有现在这般热，豆子也没有现在这般硬：总之现在的时世是不对了。何况六斤比伊的曾祖，少了三斤，比伊父亲七斤，又少了一斤，这真是一条颠扑不破的实例。所以伊又用劲说，"这真是一代不如一代！"

伊的儿媳七斤嫂子正捧着饭篮走到桌边，便将饭篮在桌上一摔，愤愤的说，"你老人家又这么说了。六斤生下来的时候，不是六斤五两么？你家的秤又是私秤，加重称，十八两秤；用了准十六，我们的六斤该有七斤多哩。我想便是太公和公公，也不见得正是九斤八斤十足，用的秤也许是十四两……"

"一代不如一代！"

七斤嫂还没有答话，忽然看见七斤从小巷口转出，便移了方向，对他嚷道，"你这死尸怎么这时候才回来，死到那里去了！不管人家等着你开饭！"

七斤虽然住在农村，却早有些飞黄腾达的意思。从他的祖父到他，三代不捏锄头柄了；他也照例的帮人撑着航船，每日一回，早晨从鲁镇进城，傍晚又回到鲁镇，因此很知道些时事：例如什么地方，雷公劈死了蜈蚣精；什么地方，闺女生了一个夜叉之类。他在村人里面，的确已经是一名出场人物了。但夏天吃饭不点灯，却还守着农家习惯，所以回家太迟，是该骂的。

七斤一手捏着象牙嘴白铜头六尺多长的湘妃竹烟管，低着头，慢慢地走来，坐在矮凳上。六斤也趁势溜出，坐在他身边，叫他爹爹。七斤没有应。

"一代不如一代！"九斤老太说。

七斤慢慢地抬起头来，叹一口气说，"皇帝坐了龙庭了。"

七斤嫂呆了一刻，忽而恍然大悟的道，“这可好了，这不是又要皇恩大赦了么！”

七斤又叹了一口气，说，“我没有辫子。”

“皇帝要辫子么？”

“皇帝要辫子。”

“你怎么知道呢？”七斤嫂有些着急，赶忙的问。

“咸亨酒店里的人，都说要的。”

七斤嫂这时从直觉上觉得事情似乎有些不妙了，因为咸亨酒店是消息灵通的所在。伊一转眼瞥见七斤的光头，便忍不住动怒，怪他恨他怨他；忽然又绝望起来，装好一碗饭，搡在七斤的面前道，“还是赶快吃你的饭罢！哭丧着脸，就会长出辫子来么？”

太阳收尽了他最末的光线了，水面暗暗地回复过凉气来；土场上一片碗筷声响，人人的脊梁上又都吐出汗粒。七斤嫂吃完三碗饭，偶然抬起头，心坎里便禁不住突突地发跳。伊透过乌桕叶，看见又矮又胖的赵七爷正从独木桥上走来，而且穿着宝蓝色竹布的长衫。

赵七爷是邻村茂源酒店的主人，又是这三十里方圆以内的唯一的出色人物兼学问家；因为有学问，所以又有些遗老的臭味。他有十多本金圣叹批评的《三国志》，时常坐着一个字一个字的读；他不但能说出五虎将姓名，甚而至于还知道黄忠表字汉升和马超表字孟起。革命以后，他便将辫子盘在顶上，像道士一般；常常叹息说，倘若赵子龙在世，天下便不会乱到这地步了。七斤嫂眼睛好，早望见今天的赵七爷已经不是道士，却变成光滑头皮，乌黑发顶;伊便知道这一定是皇帝坐了龙庭,而且一定须有辫子,而且七斤一定是非常危险。因为赵七爷的这件竹布长衫,轻易是不常穿的,三年以来,只穿过两次:一次是和他呕气的麻子阿四病了的时候,一次是曾经砸烂他酒店的鲁大爷死了的时候;现在是第三次了,这一定又是于他有庆,于他的仇家有殃了。

七斤嫂记得,两年前七斤喝醉了酒,曾经骂过赵七爷是“贱胎”,所以这时便立刻直觉到七斤的危险,心坎里突突地发起跳来。

赵七爷一路走来,坐着吃饭的人都站起身,拿筷子点着自己的饭碗说,“七爷,请在我们这里用饭!”七爷也一路点头,说道“请请”,却一径走到七斤家的桌旁。七斤们连忙招呼,七爷也微笑着说“请请”,一面细细的研究他们的饭菜。

“好香的干菜,——听到了风声了么?”赵七爷站在七斤的后面七斤嫂的对面说。

“皇帝坐了龙庭了。”七斤说。

七斤嫂看着七爷的脸,竭力陪笑道,“皇帝已经坐了龙庭,几时皇恩大赦呢?”

“皇恩大赦?——大赦是慢慢的总要大赦罢。”七爷说到这里,声色忽然严厉起来,“但是你家七斤的辫子呢,辫子?这倒是要紧的事。你们知道:长毛时候,留发不留头,留头不留发,……”

七斤和他的女人没有读过书,不很懂得这古典的奥妙,但觉得有学问的七爷这么说,事情自然非常重大,无可挽回,便仿佛受了死刑宣告似的,耳朵里嗡的一声,再也说不出一句话。

"一代不如一代，——"九斤老太正在不平，趁这机会，便对赵七爷说，"现在的长毛，只是剪人家的辫子，僧不僧，道不道的。从前的长毛，这样的么?我活到七十九岁了，活够了。从前的长毛是——整匹的红缎子裹头，拖下去，拖下去，一直拖到脚跟；王爷是黄缎子，拖下去，黄缎子；红缎子，黄缎子，——我活够了，七十九岁了。"

七斤嫂站起身，自言自语的说，"这怎么好呢?这样的一班老小，都靠他养活的人，……"

赵七爷摇头道，"那也没法。没有辫子，该当何罪，书上都一条一条明明白白写着的。不管他家里有些什么人。"

七斤嫂听到书上写着，可真是完全绝望了；自己急得没法，便忽然又恨到七斤。伊用筷子指着他的鼻尖说，"这死尸自作自受!造反的时候，我本来说，不要撑船了，不要上城了。他偏要死进城去，滚进城去，进城便被人剪去了辫子。从前是绢光乌黑的辫子，现在弄得僧不僧道不道的。这囚徒自作自受，带累了我们又怎么说呢?这活死尸的囚徒……"

村人看见赵七爷到村，都赶紧吃完饭，聚在七斤家饭桌的周围。七斤自己知道是出场人物，被女人当大众这样辱骂，很不雅观，便只得抬起头，慢慢地说道：

"你今天说现成话，那时你……"

"你这活死尸的囚徒……"

看客中间，八一嫂是心肠最好的人，抱着伊的两周岁的遗腹子，正在七斤嫂身边看热闹；这时过意不去，连忙解劝说，"七斤嫂，算了罢。人不是神仙，谁知道未来事呢?便是七斤嫂，那时不也说，没有辫子倒也没有什么丑么?况且衙门里的大老爷也还没有告示,……”

七斤嫂没有听完,两个耳朵早通红了;便将筷子转过向来,指着八一嫂的鼻子,说,“阿呀,这是什么话呵!八一嫂,我自己看来倒还是一个人,会说出这样昏诞胡涂话么?那时我是,整整哭了三天,谁都看见;连六斤这小鬼也都哭,……”六斤刚吃完一大碗饭,拿了空碗,伸手去嚷着要添。七斤嫂正没好气,便用筷子在伊的双丫角中间,直扎下去,大喝道,“谁要你来多嘴!你这偷汉的小寡妇!”

扑的一声,六斤手里的空碗落在地上了,恰巧又碰着一块砖角,立刻破成一个很大的缺口。七斤直跳起来,检起破碗,合上了检查一回,也喝道,“入娘的!”一巴掌打倒了六斤。六斤躺着哭,九斤老太拉了伊的手,连说着“一代不如一代”,一同走了。

八一嫂也发怒,大声说,“七斤嫂,你‘恨棒打人’……”

赵七爷本来是笑着旁观的;但自从八一嫂说了“衙门里的大老爷没有告示”这话以后,却有些生气了。这时他已经绕出桌旁,接着说,“‘恨棒打人’,算什么呢。大兵是就要到的。你可知道,这回保驾的是张大帅,张大帅就是燕人张翼德的后代,他一支丈八蛇矛,就有万夫不当之勇,谁能抵挡他,”他两手同时捏起空拳,仿佛握着无形的蛇矛模样,向八一嫂抢进几步道,“你能抵挡他么!”

八一嫂正气得抱着孩子发抖,忽然见赵七爷满脸油汗,瞪着眼,准对伊冲过来,便十分害怕,不敢说完话,回身走了。赵七爷也跟着走去,众人一面怪八一嫂多事,一面让开路,几个剪过辫子重新留起的便赶快躲在人丛后面,怕他看见。赵七爷也不细心察访,通过人丛,忽然转入乌桕树后,说道“你能抵挡他么!”跨上独木桥,扬长去了。

村人们呆呆站着,心里计算,都觉得自己确乎抵不住张翼德,因此也决定七斤便要没有性命。七斤既然犯了皇法,想起他往常对人谈论城中的新闻的时候,就不该含着长烟管显出那般骄傲模样,所以对于七斤的犯法,也觉得有些畅快。他们也仿佛想发些议论,却又觉得没有什么议论可发。嗡嗡的一阵乱嚷,蚊子都撞过赤膊身子,闯到乌桕树下去做市;他们也就慢慢地走散回家,关上门去睡觉。七斤嫂咕哝着,也收了家伙和桌子矮凳回家,关上门睡觉了。

七斤将破碗拿回家里,坐在门槛上吸烟;但非常忧愁,忘却了吸烟,象牙嘴六尺多长湘妃竹烟管的白铜斗里的火光,渐渐发黑了。他心里但觉得事情似乎十分危急,也想想些方法,想些计画,但总是非常模糊,贯穿不得:“辫子呢辫子?丈八蛇矛。一代不如一代!皇帝坐龙庭。破的碗须得上城去钉好。谁能抵挡他?书上一条一条写着。入娘的!……”

第二日清晨,七斤依旧从鲁镇撑航船进城,傍晚回到鲁镇,又拿着六尺多长的湘妃竹烟管和一个饭碗回村。他在晚饭席上,对九斤老太说,这碗是在城内钉合的,因为缺口大,所以要十六个铜钉,三文一个,一总用了四十八文小钱。

九斤老太很不高兴的说,“一代不如一代,我是活够了。三文钱一个钉;从前的钉,这样的么?从前的钉是……我活了七十九岁了,——”

此后七斤虽然是照例日日进城,但家景总有些黯淡,村人大抵回避着,不再来听他从城内得来的新闻。七斤嫂也没有好声气,还时常叫他“囚徒”。

过了十多日，七斤从城内回家，看见他的女人非常高兴，问他说，“你在城里可听到些什么？”

“没有听到些什么。”

“皇帝坐了龙庭没有呢？”

“他们没有说。”

“咸亨酒店里也没有人说么？”

“也没人说。”

“我想皇帝一定是不坐龙庭了。我今天走过赵七爷的店前，看见他又坐着念书了，辫子又盘在顶上了，也没有穿长衫。”

“…………”

“你想，不坐龙庭了罢？”

“我想，不坐了罢。”

现在的七斤，是七斤嫂和村人又都早给他相当的尊敬，相当的待遇了。到夏天，他们仍旧在自家门口的土场上吃饭；大家见了，都笑嘻嘻的招呼。九斤老太早已做过八十大寿，仍然不平而且康健。六斤的双丫角，已经变成一支大辫子了；伊虽然新近裹脚，却还能帮同七斤嫂做事，捧着十八个铜钉的饭碗，在土场上一瘸一拐的往来。

一九二〇年十月。

故　乡

我冒了严寒，回到相隔二千余里，别了二十余年的故乡去。

时候既然是深冬；渐近故乡时，天气又阴晦了，冷风吹进船舱中，呜呜的响，从篷隙向外一望，苍黄的天底下，远近横着几个萧索的荒村，没有一些活气。我的心禁不住悲凉起来了。

阿！这不是我二十年来时时记得的故乡？

我所记得的故乡全不如此。我的故乡好得多了。但要我记起他的美丽，说出他的佳处来，却又没有影像，没有言辞了。仿佛也就如此。于是我自己解释说：故乡本也如此，——虽然没有进步，也未必有如我所感的悲凉，这只是我自己心情的改变罢了，因为我这次回乡，本没有什么好心绪。

我这次是专为了别他而来的。我们多年聚族而居的老屋，已经公同卖给别姓了，交屋的期限，只在本年，所以必须赶在正月初一以前，永别了熟识的老屋，而且远离了熟识的故乡，搬家到我在谋食的异地去。

第二日清早晨我到了我家的门口了。瓦楞上许多枯草的断茎当风抖着，正在说明这老屋难免易主的原因。几房的本家大约已经搬走了，所以很寂静。我到了自家的房外，我的母亲早已迎着出来了，接着便飞出了八岁的侄儿宏儿。

我的母亲很高兴，但也藏着许多凄凉的神情，教我坐下，歇息，喝茶，且不谈搬家的事。宏儿没有见过我，远远的对面站着只是看。

但我们终于谈到搬家的事。我说外间的寓所已经租定了，又买了几件家具，此外须将家里所有的木器卖去，再去增添。母亲也说好，而且行李也略已齐集，木器不便搬运的，也小半卖去了，只是收不起钱来。

“你休息一两天，去拜望亲戚本家一回，我们便可以走了。”母亲说。

“是的。”

“还有闰土，他每到我家来时，总问起你，很想见你一回面。我已经将你到家的大约日期通知他，他也许就要来了。”

这时候，我的脑里忽然闪出一幅神异的图画来：深蓝的天空中挂着一轮金黄的圆月，下面是海边的沙地，都种着一望无际的碧绿的西瓜，其间有一个十一二岁的少年，项带银圈，手捏一柄钢叉，向一匹猹尽力的刺去，那猹却将身一扭，反从他的胯下逃走了。

这少年便是闰土。我认识他时，也不过十多岁，离现在将有三十年了；那时我的父亲还在世，家景也好，我正是一个少爷。那一年，我家是一件大祭祀的值年。这祭祀，说是三十多年才能轮到一回，所以很郑重；正月里供祖像，供品很多，祭器很讲究，拜的人也很多，祭器也很要防偷去。我家只有一个忙月（我们这里给人做工的分三种：整年给一定人家做工的叫长年；按日给人做工的叫短工；自己也种地，只在过年过节以及收租时候来给一定的人家做工的称忙月），忙不过来，他便对父亲说，可以叫他的儿子闰土来管祭器的。

我的父亲允许了；我也很高兴，因为我早听到闰土这名字，而且知道他

“我们坐火车去。”

“船呢?”

“先坐船,……”

“哈!这模样了!胡子这么长了!”一种尖利的怪声突然大叫起来。

我吃了一吓,赶忙抬起头,却见一个凸颧骨,薄嘴唇,五十岁上下的女人站在我面前,两手搭在髀间,没有系裙,张着两脚,正像一个画图仪器里细脚伶仃的圆规。

我愕然了。

“不认识了么?我还抱过你咧!”

我愈加愕然了。幸而我的母亲也就进来,从旁说:

“他多年出门,统忘却了。你该记得罢,”便向着我说,“这是斜对门的杨二嫂,……开豆腐店的。”

哦,我记得了。我孩子时候,在斜对门的豆腐店里确乎终日坐着一个杨二嫂,人都叫伊“豆腐西施”。但是擦着白粉,颧骨没有这么高,嘴唇也没有这么薄,而且终日坐着,我也从没有见过这圆规式的姿势。那时人说:因为伊,这豆腐店的买卖非常好。但这大约因为年龄的关系,我却并未蒙着一毫感化,所以竟完全忘却了。然而圆规很不平,显出鄙夷的神色,仿佛嗤笑法国人不知道拿破仑,美国人不知道华盛顿似的,冷笑说:

“忘了?这真是贵人眼高……”

“那有这事……我……”我惶恐着,站起来说。

“那么,我对你说。迅哥儿,你阔了,搬动又笨重,你还要什么这些破烂木器,让我拿去罢。我们小户人家,用得着。”

“我并没有阔哩。我须卖了这些,再去……”

“阿呀呀,你放了道台了,还说不阔?你现在有三房姨太太;出门便是八抬的大轿,还说不阔?吓,什么都瞒不过我。”

我知道无话可说了,便闭了口,默默的站着。

“阿呀阿呀,真是愈有钱,便愈是一毫不肯放松,愈是一毫不肯放松,便愈有钱……”圆规一面愤愤的回转身,一面絮絮的说,慢慢向外走,顺便将我母亲的一副手套塞在裤腰里,出去了。

此后又有近处的本家和亲戚来访问我。我一面应酬,偷空便收拾些行李,这样的过了三四天。

一日是天气很冷的午后,我吃过午饭,坐着喝茶,觉得外面有人进来了,便回头去看。我看时,不由的非常出惊,慌忙站起身,迎着走去。

这来的便是闰土。虽然我一见便知道是闰土,但又不是我这记忆上的闰土了。他身材增加了一倍;先前的紫色的圆脸,已经变作灰黄,而且加上了很深的皱纹;眼睛也像他父亲一样,周围都肿得通红,这我知道,在海边种地的人,终日吹着海风,大抵是这样的。他头上是一顶破毡帽,身上只一件极薄的棉衣,浑身瑟索着;手里提着一个纸包和一支长烟管,那手也不是我所记得的红活圆实的手,却又粗又笨而且开裂,像是松树皮了。

我这时很兴奋,但不知道怎么说才好,只是说:

“阿!闰土哥,——你来了?……”

我接着便有许多话,想要连珠一般涌出:角鸡,跳鱼儿,贝壳,猹,……但又总觉得被什么挡着似的,单在脑里面回旋,吐不出口外去。

他站住了,脸上现出欢喜和凄凉的神情;动着嘴唇,却没有作声。他的态度终于恭敬起来了，分明的叫道：

“老爷！……”

我似乎打了一个寒噤；我就知道，我们之间已经隔了一层可悲的厚障壁了。我也说不出话。

他回过头去说，“水生，给老爷磕头。”便拖出躲在背后的孩子来，这正是一个廿年前的闰土，只是黄瘦些，颈子上没有银圈罢了。“这是第五个孩子，没有见过世面，躲躲闪闪……”

母亲和宏儿下楼来了，他们大约也听到了声音。

“老太太。信是早收到了。我实在喜欢的了不得，知道老爷回来……”闰土说。

“阿，你怎的这样客气起来。你们先前不是哥弟称呼么？还是照旧：迅哥儿。”母亲高兴的说。

“阿呀，老太太真是……这成什么规矩。那时是孩子，不懂事……”闰土说着，又叫水生上来打拱，那孩子却害羞，紧紧的只贴在他背后。

“他就是水生？第五个？都是生人，怕生也难怪的；还是宏儿和他去走走。”母亲说。

宏儿听得这话，便来招水生，水生却松松爽爽同他一路出去了。母亲叫闰土坐，他迟疑了一回，终于就了坐，将长烟管靠在桌旁，递过纸包来，说：

“冬天没有什么东西了。这一点干青豆倒是自家晒在那里的，请老爷……”

我问问他的景况。他只是摇头。

“非常难。第六个孩子也会帮忙了，却总是吃不够……又不太平……什么地方都要钱,没有定规……收成又坏。种出东西来,挑去卖,总要捐几回钱,折了本;不去卖,又只能烂掉……”

他只是摇头;脸上虽然刻着许多皱纹,却全然不动,仿佛石像一般。他大约只是觉得苦,却又形容不出,沉默了片时,便拿起烟管来默默的吸烟了。

母亲问他,知道他的家里事务忙,明天便得回去;又没有吃过午饭,便叫他自己到厨下炒饭吃去。

他出去了;母亲和我都叹息他的景况:多子,饥荒,苛税,兵,匪,官,绅,都苦得他像一个木偶人了。母亲对我说,凡是不必搬走的东西,尽可以送他,可以听他自己去拣择。

下午,他拣好了几件东西:两条长桌,四个椅子,一副香炉和烛台,一杆抬秤。他又要所有的草灰(我们这里煮饭是烧稻草的,那灰,可以做沙地的肥料),待我们启程的时候,他用船来载去。

夜间,我们又谈些闲天,都是无关紧要的话;第二天早晨,他就领了水生回去了。

又过了九日,是我们启程的日期。闰土早晨便到了,水生没有同来,却只带着一个五岁的女儿管船只。我们终日很忙碌,再没有谈天的工夫。来客也不少,有送行的,有拿东西的,有送行兼拿东西的。待到傍晚我们上船的时候,这老屋里的所有破旧大小粗细东西,已经一扫而空了。

我们的船向前走,两岸的青山在黄昏中,都装成了深黛颜色,连着退向船后梢去。

宏儿和我靠着船窗,同看外面模糊的风景,他忽然问道:

“大伯!我们什么时候回来?”

“回来?你怎么还没有走就想回来了。”

“可是,水生约我到他家玩去咧……”他睁着大的黑眼睛,痴痴的想。

我和母亲也都有些惘然,于是又提起闰土来。母亲说,那豆腐西施的杨二嫂,自从我家收拾行李以来,本是每日必到的,前天伊在灰堆里,掏出十多个碗碟来,议论之后,便定说是闰土埋着的,他可以在运灰的时候,一齐搬回家里去;杨二嫂发见了这件事,自己很以为功,便拿了那狗气杀(这是我们这里养鸡的器具,木盘上面有着栅栏,内盛食料,鸡可以伸进颈子去啄,狗却不能,只能看着气死),飞也似的跑了,亏伊装着这么高底的小脚,竟跑得这样快。

老屋离我愈远了;故乡的山水也都渐渐远离了我,但我却并不感到怎样的留恋。我只觉得我四面有看不见的高墙,将我隔成孤身,使我非常气闷;那西瓜地上的银项圈的小英雄的影像,我本来十分清楚,现在却忽地模糊了,又使我非常的悲哀。

母亲和宏儿都睡着了。

我躺着,听船底潺潺的水声,知道我在走我的路。我想:我竟与闰土隔绝到这地步了,但我们的后辈还是一气,宏儿不是正在想念水生么。我希望他们不再像我,又大家隔膜起来……然而我又不愿意他们因为要一气,都如我的辛苦展转而生活,也不愿意他们都如闰土的辛苦麻木而生活,也不愿意都如别人的辛苦恣睢而生活。他们应该有新的生活,为我们所未经生活过的。

我想到希望,忽然害怕起来了。闰土要香炉和烛台的时候,我还暗地里笑他,以为他总是崇拜偶像,什么时候都不忘却。现在我所谓希望,不也是我自己手制的偶像么?只是他的愿望切近,我的愿望茫远罢了。

我在朦胧中，眼前展开一片海边碧绿的沙地来，上面深蓝的天空中挂着一轮金黄的圆月。我想：希望是本无所谓有，无所谓无的。这正如地上的路；其实地上本没有路，走的人多了，也便成了路。

一九二一年一月。

阿Q正传

第一章 序

我要给阿Q做正传,已经不止一两年了。但一面要做,一面又往回想,这足见我不是一个"立言"的人,因为从来不朽之笔,须传不朽之人,于是人以文传,文以人传——究竟谁靠谁传,渐渐的不甚了然起来,而终于归结到传阿Q,仿佛思想里有鬼似的。

然而要做这一篇速朽的文章,才下笔,便感到万分的困难了。第一是文章的名目。孔子曰,"名不正则言不顺"。这原是应该极注意的。传的名目很繁多:列传,自传,内传,外传,别传,家传,小传……,而可惜都不合。"列传"么,这一篇并非和许多阔人排在"正史"里;"自传"么,我又并非就是阿Q。说是"外传","内传"在那里呢?倘用"内传",阿Q又决不是神仙。"别传"呢,阿Q实在未曾有大总统上谕宣付国史馆立"本传"——虽说英国正史上并无"博徒列传",而文豪迭更司也做过《博徒别传》这一部书,但文豪则可,在我辈却不可的。其次是"家传",则我既不知与阿Q是否同宗,也未曾受他子孙的拜托;或"小传",则阿Q又更无别的"大传"了。总而言之,这一篇也便是"本传”，但从我的文章着想，因为文体卑下，是“引车卖浆者流”所用的话，所以不敢僭称，便从不入三教九流的小说家所谓“闲话休题言归正传”这一句套话里，取出“正传”两个字来，作为名目，即使与古人所撰《书法正传》的“正传”字面上很相混，也顾不得了。

第二，立传的通例，开首大抵该是“某，字某，某地人也”，而我并不知道阿Q姓什么。有一回，他似乎是姓赵，但第二日便模糊了。那是赵太爷的儿子进了秀才的时候，锣声镗镗的报到村里来，阿Q正喝了两碗黄酒，便手舞足蹈的说，这于他也很光采，因为他和赵太爷原来是本家，细细的排起来他还比秀才长三辈呢。其时几个旁听人倒也肃然的有些起敬了。那知道第二天，地保便叫阿Q到赵太爷家里去；太爷一见，满脸溅朱，喝道：

“阿Q，你这浑小子！你说我是你的本家么？”

阿Q不开口。

赵太爷愈看愈生气了，抢进几步说：“你敢胡说！我怎么会有你这样的本家？你姓赵么？”

阿Q不开口，想往后退了；赵太爷跳过去，给了他一个嘴巴。

“你怎么会姓赵！——你那里配姓赵！”

阿Q并没有抗辩他确凿姓赵，只用手摸着左颊，和地保退出去了；外面又被地保训斥了一番，谢了地保二百文酒钱。知道的人都说阿Q太荒唐，自己去招打；他大约未必姓赵，即使真姓赵，有赵太爷在这里，也不该如此胡说的。此后便再没有人提起他的氏族来，所以我终于不知道阿Q究竟什么姓。

第三，我又不知道阿Q的名字是怎么写的。他活着的时候，人都叫他阿Quei，死了以后，便没有一个人再叫阿Quei了，那里还会有“著之竹帛”的事。若论“著之竹帛”,这篇文章要算第一次,所以先遇着了这第一个难关。我曾经仔细想:阿 Quei,阿桂还是阿贵呢?倘使他号叫月亭,或者在八月间做过生日,那一定是阿桂了;而他既没有号——也许有号,只是没有人知道他,——又未尝散过生日征文的贴子:写作阿桂,是武断的。又倘若他有一位老兄或令弟叫阿富,那一定是阿贵了;而他又只是一个人:写作阿贵,也没有佐证的。其余音 Quei 的偏僻字样,更加凑不上了。先前,我也曾问过赵太爷的儿子茂才先生,谁料博雅如此公,竟也茫然,但据结论说,是因为陈独秀办了《新青年》提倡洋字,所以国粹沦亡,无可查考了。我的最后的手段,只有托一个同乡去查阿 Q 犯事的案卷,八个月之后才有回信,说案卷里并无与阿 Quei 的声音相近的人。我虽不知道是真没有,还是没有查,然而也再没有别的方法了。生怕注音字母还未通行,只好用了“洋字”,照英国流行的拼法写他为阿 Quei,略作阿 Q。这近于盲从《新青年》,自己也很抱歉,但茂才公尚且不知,我还有什么好办法呢。

第四,是阿 Q 的籍贯了。倘他姓赵,则据现在好称郡望的老例,可以照《郡名百家姓》上的注解,说是“陇西天水人也”,但可惜这姓是不甚可靠的,因此籍贯也就有些决不定。他虽然多住未庄,然而也常常宿在别处,不能说是未庄人,即使说是“未庄人也”,也仍然有乖史法的。

我所聊以自慰的,是还有一个“阿”字非常正确,绝无附会假借的缺点,颇可以就正于通人。至于其余,却都非浅学所能穿凿,只希望有“历史癖与考据癖”的胡适之先生的门人们,将来或者能够寻出许多新端绪来,但是我这《阿 Q 正传》到那时却又怕早经消灭了。

以上可以算是序。

第二章　优胜记略

阿Q不独是姓名籍贯有些渺茫，连他先前的“行状”也渺茫。因为未庄的人们之于阿Q，只要他帮忙，只拿他玩笑，从来没有留心他的“行状”的。而阿Q自己也不说，独有和别人口角的时候，间或瞪着眼睛道：

“我们先前——比你阔的多啦！你算是什么东西！”

阿Q没有家，住在未庄的土谷祠里；也没有固定的职业，只给人家做短工，割麦便割麦，舂米便舂米，撑船便撑船。工作略长久时，他也或住在临时主人的家里，但一完就走了。所以，人们忙碌的时候，也还记起阿Q来，然而记起的是做工，并不是“行状”；一闲空，连阿Q都早忘却，更不必说“行状”了。只是有一回，有一个老头子颂扬说：“阿Q真能做！”这时阿Q赤着膊，懒洋洋的瘦伶仃的正在他面前，别人也摸不着这话是真心还是讥笑，然而阿Q很喜欢。

阿Q又很自尊，所有未庄的居民，全不在他眼睛里，甚而至于对于两位“文童”也有以为不值一笑的神情。夫文童者，将来恐怕要变秀才者也；赵太爷钱太爷大受居民的尊敬，除有钱之外，就因为都是文童的爹爹，而阿Q在精神上独不表格外的崇奉，他想：我的儿子会阔得多啦！加以进了几回城，阿Q自然更自负，然而他又很鄙薄城里人，譬如用三尺长三寸宽的木板做成的凳子，未庄叫“长凳”，他也叫“长凳”，城里人却叫“条凳”，他想：这是错的，可笑！油煎大头鱼，未庄都加上半寸长的葱叶，城里却加上切细的葱丝，他想：这也是错的，可笑！然而未庄人真是不见世面的可笑的乡下人呵，他们没有见过城里的煎鱼！

阿Q“先前阔”，见识高，而且“真能做”，本来几乎是一个“完人”了，但可惜他体质上还有一些缺点。最恼人的是在他头皮上，颇有几处不知起于何时的癞疮疤。这虽然也在他身上，而看阿Q的意思，倒也似乎以为不足贵的，因为他讳说“癞”以及一切近于“赖”的音，后来推而广之，“光”也讳，“亮”也讳，再后来，连“灯”“烛”都讳了。一犯讳，不问有心与无心，阿Q便全疤通红的发起怒来，估量了对手，口讷的他便骂，气力小的他便打；然而不知怎么一回事，总还是阿Q吃亏的时候多。于是他渐渐的变换了方针，大抵改为怒目而视了。

谁知道阿Q采用怒目主义之后，未庄的闲人们便愈喜欢玩笑他。一见面，他们便假作吃惊的说：

“哙，亮起来了。”

阿Q照例的发了怒，他怒目而视了。

“原来有保险灯在这里！”他们并不怕。

阿Q没有法，只得另外想出报复的话来：

“你还不配……”这时候，又仿佛在他头上的是一种高尚的光荣的癞头疮，并非平常的癞头疮了；但上文说过，阿Q是有见识的，他立刻知道和“犯忌”有点抵触，便不再往底下说。

闲人还不完，只撩他，于是终而至于打。阿Q在形式上打败了，被人揪住黄辫子，在壁上碰了四五个响头，闲人这才心满意足的得胜的走了，阿Q站了一刻，心里想，“我总算被儿子打了，现在的世界真不像样……”于是也心满意足的得胜的走了。

阿Q想在心里的，后来每每说出口来，所以凡有和阿Q玩笑的人们，几乎全知道他有这一种精神上的胜利法，此后每逢揪住他黄辫子的时候，人就先一着对他说：

“阿Q，这不是儿子打老子，是人打畜生。自己说：人打畜生！”

阿Q两只手都捏住了自己的辫根，歪着头，说道：

“打虫豸，好不好？我是虫豸——还不放么？”

但虽然是虫豸，闲人也并不放，仍旧在就近什么地方给他碰了五六个响头，这才心满意足的得胜的走了，他以为阿Q这回可遭了瘟。然而不到十秒钟，阿Q也心满意足的得胜的走了，他觉得他是第一个能够自轻自贱的人，除了“自轻自贱”不算外，余下的就是“第一个”。状元不也是“第一个”么？“你算是什么东西”呢？！

阿Q以如是等等妙法克服怨敌之后，便愉快的跑到酒店里喝几碗酒，又和别人调笑一通，口角一通，又得了胜，愉快的回到土谷祠，放倒头睡着了。假使有钱，他便去押牌宝，一堆人蹲在地面上，阿Q即汗流满面的夹在这中间，声音他最响：

“青龙四百！”

“咳～～开～～啦！”桩家揭开盒子盖，也是汗流满面的唱。“天门啦～～角回啦～～！人和穿堂空在那里啦～～！阿Q的铜钱拿过来～～！”

“穿堂一百——一百五十！”

阿Q的钱便在这样的歌吟之下，渐渐的输入别个汗流满面的人物的腰间。他终于只好挤出堆外，站在后面看，替别人着急，一直到散场，然后恋恋的回到土谷祠，第二天，肿着眼睛去工作。

但真所谓“塞翁失马安知非福”罢，阿Q不幸而赢了一回，他倒几乎失败了。

这是未庄赛神的晚上。这晚上照例有一台戏，戏台左近，也照例有许多的赌摊。做戏的锣鼓，在阿Q耳朵里仿佛在十里之外；他只听得桩家的歌唱了。他赢而又赢，铜钱变成角洋，角洋变成大洋，大洋又成了叠。他兴高采烈得非常：

“天门两块！”

他不知道谁和谁为什么打起架来了。骂声打声脚步声，昏头昏脑的一大阵，他才爬起来，赌摊不见了，人们也不见了，身上有几处很似乎有些痛，似乎也挨了几拳几脚似的，几个人诧异的对他看。他如有所失的走进土谷祠，定一定神，知道他的一堆洋钱不见了。赶赛会的赌摊多不是本村人，还到那里去寻根柢呢？

很白很亮的一堆洋钱！而且是他的——现在不见了！说是算被儿子拿去了罢，总还是忽忽不乐；说自己是虫豸罢，也还是忽忽不乐：他这回才有些感到失败的苦痛了。

但他立刻转败为胜了。他擎起右手，用力的在自己脸上连打了两个嘴巴，热剌剌的有些痛；打完之后，便心平气和起来，似乎打的是自己，被打的是别一个自己，不久也就仿佛是自己打了别个一般，——虽然还有些热剌剌，——心满意足的得胜的躺下了。

他睡着了。

第三章　续优胜记略

然而阿Q虽然常优胜，却直待蒙赵太爷打他嘴巴之后，这才出了名。

他付过地保二百文酒钱，愤愤的躺下了，后来想："现在的世界太不成话，儿子打老子……"于是忽而想到赵太爷的威风，而现在是他的儿子了，便自己也渐渐的得意起来，爬起身，唱着《小孤孀上坟》到酒店去。这时候，他又觉得赵太爷高人一等了。

说也奇怪，从此之后，果然大家也仿佛格外尊敬他。这在阿Q，或者以为因为他是赵太爷的父亲，而其实也不然。未庄通例，倘如阿七打阿八，或者李四打张三，向来本不算一件事，必须与一位名人如赵太爷者相关，这才载上他们的口碑。一上口碑，则打的既有名，被打的也就托庇有了名。至于错在阿Q，那自然是不必说。所以者何？就因为赵太爷是不会错的。但他既然错，为什么大家又仿佛格外尊敬他呢？这可难解，穿凿起来说，或者因为阿Q说是赵太爷的本家，虽然挨了打，大家也还怕有些真，总不如尊敬一些稳当。否则，也如孔庙里的太牢一般，虽然与猪羊一样，同是畜生，但既经圣人下箸，先儒们便不敢妄动了。

阿Q此后倒得意了许多年。

有一年的春天，他醉醺醺的在街上走，在墙根的日光下，看见王胡在那里赤着膊捉虱子，他忽然觉得身上也痒起来了。这王胡，又癞又胡，别人都叫他王癞胡，阿Q却删去了一个癞子，然而非常渺视他。阿Q的意思，以为癞是不足为奇的，只有这一部络腮胡子，实在太新奇，令人看不上眼。他于是并排坐下去了。倘是别的闲人们，阿Q本不敢大意坐下去。但这王胡旁边，他有什么怕呢?老实说:他肯坐下去,简直还是抬举他。

阿Q也脱下破夹袄来,翻检了一回,不知道因为新洗呢还是因为粗心,许多工夫,只捉到三四个。他看那王胡,却是一个又一个,两个又三个,只放在嘴里毕毕剥剥的响。

阿Q最初是失望,后来却不平了:看不上眼的王胡尚且那么多,自己倒反这样少,这是怎样的大失体统的事呵!他很想寻一两个大的,然而竟没有,好容易才捉到一个中的,恨恨的塞在厚嘴唇里,狠命一咬,劈的一声,又不及王胡响。

他癞疮疤块块通红了,将衣服摔在地上,吐一口唾沫,说:

"这毛虫!"

"癞皮狗,你骂谁?"王胡轻蔑的抬起眼来说。

阿Q近来虽然比较的受人尊敬,自己也更高傲些,但和那些打惯的闲人们见面还胆怯,独有这回却非常武勇了。这样满脸胡子的东西,也敢出言无状么?

"谁认便骂谁!"他站起来,两手叉在腰间说。

"你的骨头痒了么?"王胡也站起来,披上衣服说。

阿Q以为他要逃了,抢进去就是一拳。这拳头还未达到身上,已经被他抓住了,只一拉,阿Q跄跄踉踉的跌进去,立刻又被王胡扭住了辫子,要拉到墙上照例去碰头。

"'君子动口不动手'!"阿Q歪着头说。

王胡似乎不是君子,并不理会,一连给他碰了五下,又用力的一推,至于阿Q跌出六尺多远,这才满足的去了。

在阿Q的记忆上，这大约要算是生平第一件的屈辱，因为王胡以络腮胡子的缺点，向来只被他奚落，从没有奚落他，更不必说动手了。而他现在竟动手，很意外，难道真如市上所说，皇帝已经停了考，不要秀才和举人了，因此赵家减了威风，因此他们也便小觑了他么？

阿Q无可适从的站着。

远远的走来了一个人，他的对头又到了。这也是阿Q最厌恶的一个人，就是钱太爷的大儿子。他先前跑上城里去进洋学堂，不知怎么又跑到东洋去了，半年之后他回到家里来，腿也直了，辫子也不见了，他的母亲大哭了十几场，他的老婆跳了三回井。后来，他的母亲到处说，“这辫子是被坏人灌醉了酒剪去的。本来可以做大官，现在只好等留长再说了。”然而阿Q不肯信，偏称他“假洋鬼子”，也叫作“里通外国的人”，一见他，一定在肚子里暗暗的咒骂。

阿Q尤其“深恶而痛绝之”的，是他的一条假辫子。辫子而至于假，就是没有了做人的资格；他的老婆不跳第四回井，也不是好女人。

这“假洋鬼子”近来了。

“秃儿。驴……”阿Q历来本只在肚子里骂，没有出过声，这回因为正气忿，因为要报仇，便不由的轻轻的说出来了。

不料这秃儿却拿着一支黄漆的棍子——就是阿Q所谓哭丧棒——大踏步走了过来。阿Q在这刹那，便知道大约要打了，赶紧抽紧筋骨，耸了肩膀等候着，果然，拍的一声，似乎确凿打在自己头上了。

“我说他！”阿Q指着近旁的一个孩子，分辩说。

拍！拍拍！

在阿Q的记忆上，这大约要算是生平第二件的屈辱。幸而拍拍的响了之后，于他倒似乎完结了一件事，反而觉得轻松些，而且“忘却”这一件祖传的宝贝也发生了效力，他慢慢的走，将到酒店门口，早已有些高兴了。

但对面走来了静修庵里的小尼姑。阿Q便在平时，看见伊也一定要唾骂，而况在屈辱之后呢？他于是发生了回忆，又发生了敌忾了。

“我不知道我今天为什么这样晦气，原来就因为见了你！”他想。

他迎上去，大声的吐一口唾沫：

“咳，呸！”

小尼姑全不睬，低了头只是走。阿Q走近伊身旁，突然伸出手去摩着伊新剃的头皮，呆笑着，说：

“秃儿！快回去，和尚等着你……”

“你怎么动手动脚……”尼姑满脸通红的说，一面赶快走。

酒店里的人大笑了。阿Q看见自己的勋业得了赏识，便愈加兴高采烈起来：

“和尚动得，我动不得？”他扭住伊的面颊。

酒店里的人大笑了。阿Q更得意，而且为满足那些赏鉴家起见，再用力的一拧，才放手。

他这一战，早忘却了王胡，也忘却了假洋鬼子，似乎对于今天的一切“晦气”都报了仇；而且奇怪，又仿佛全身比拍拍的响了之后更轻松，飘飘然的似乎要飞去了。

“这断子绝孙的阿Q！”远远地听得小尼姑的带哭的声音。

“哈哈哈！”阿Q十分得意的笑。

“哈哈哈!”酒店里的人也九分得意的笑。

第四章　恋爱的悲剧

有人说:有些胜利者,愿意敌手如虎,如鹰,他才感得胜利的欢喜;假使如羊,如小鸡,他便反觉得胜利的无聊。又有些胜利者,当克服一切之后,看见死的死了,降的降了,“臣诚惶诚恐死罪死罪”,他于是没有了敌人,没有了对手,没有了朋友,只有自己在上,一个,孤另另,凄凉,寂寞,便反而感到了胜利的悲哀。然而我们的阿Q却没有这样乏,他是永远得意的:这或者也是中国精神文明冠于全球的一个证据了。

看哪,他飘飘然的似乎要飞去了!

然而这一次的胜利,却又使他有些异样。他飘飘然的飞了大半天,飘进土谷祠,照例应该躺下便打鼾。谁知道这一晚,他很不容易合眼,他觉得自己的大拇指和第二指有点古怪;仿佛比平常滑腻些。不知道是小尼姑的脸上有一点滑腻的东西粘在他指上,还是他的指头在小尼姑脸上磨得滑腻了?……

“断子绝孙的阿Q!”

阿Q的耳朵里又听到这句话。他想:不错,应该有一个女人,断子绝孙便没有人供一碗饭,……应该有一个女人。夫“不孝有三无后为大”,而“若敖之鬼馁而”,也是一件人生的大哀,所以他那思想,其实是样样合于圣经贤传的,只可惜后来有些“不能收其放心”了。

“女人,女人!……”他想。

“……和尚动得……女人,女人!……女人!”他又想。

我们不能知道这晚上阿Q在什么时候才打鼾。但大约他从此总觉得指头有些滑腻，所以他从此总有些飘飘然；“女……”他想。

即此一端，我们便可以知道女人是害人的东西。

中国的男人，本来大半都可以做圣贤，可惜全被女人毁掉了。商是妲己闹亡的；周是褒姒弄坏的；秦……虽然史无明文，我们也假定他因为女人，大约未必十分错；而董卓可是的确给貂蝉害死了。

阿Q本来也是正人，我们虽然不知道他曾蒙什么明师指授过，但他对于“男女之大防”却历来非常严；也很有排斥异端——如小尼姑及假洋鬼子之类——的正气。他的学说是：凡尼姑，一定与和尚私通；一个女人在外面走，一定想引诱野男人；一男一女在那里讲话，一定要有勾当了。为惩治他们起见，所以他往往怒目而视，或者大声说几句“诛心”话，或者在冷僻处，便从后面掷一块小石头。

谁知道他将到“而立”之年，竟被小尼姑害得飘飘然了。这飘飘然的精神，在礼教上是不应该有的，——所以女人真可恶，假使小尼姑的脸上不滑腻，阿Q便不至于被蛊，又假使小尼姑的脸上盖一层布，阿Q便也不至于被蛊了，——他五六年前，曾在戏台下的人丛中拧过一个女人的大腿，但因为隔一层裤，所以此后并不飘飘然，——而小尼姑并不然，这也足见异端之可恶。

“女……”阿Q想。

他对于以为“一定想引诱野男人”的女人，时常留心看，然而伊并不对他笑。他对于和他讲话的女人，也时常留心听，然而伊又并不提起关于什么勾当的话来。哦，这也是女人可恶之一节：伊们全都要装“假正经”的。

这一天，阿Q在赵太爷家里舂了一天米，吃过晚饭，便坐在厨房里吸旱烟。倘在别家，吃过晚饭本可以回去的了，但赵府上晚饭早，虽说定例不准掌灯，一吃完便睡觉，然而偶然也有一些例外：其一，是赵太爷未进秀才的时候，准其点灯读文章；其二，便是阿Q来做短工的时候，准其点灯舂米。因为这一条例外，所以阿Q在动手舂米之前，还坐在厨房里吸旱烟。

吴妈，是赵太爷家里唯一的女仆，洗完了碗碟，也就在长凳上坐下了，而且和阿Q谈闲天：

"太太两天没有吃饭哩，因为老爷要买一个小的……"

"女人……吴妈……这小孤孀……"阿Q想。

"我们的少奶奶是八月里要生孩子了……"

"女人……"阿Q想。

阿Q放下烟管，站了起来。

"我们的少奶奶……"吴妈还唠叨说。

"我和你困觉，我和你困觉！"阿Q忽然抢上去，对伊跪下了。

一刹时中很寂然。

"阿呀！"吴妈楞了一息，突然发抖，大叫着往外跑，且跑且嚷，似乎后来带哭了。

阿Q对了墙壁跪着也发楞，于是两手扶着空板凳，慢慢的站起来，仿佛觉得有些糟。他这时确也有些忐忑了，慌张的将烟管插在裤带上，就想去舂米。蓬的一声，头上着了很粗的一下，他急忙回转身去，那秀才便拿了一支大竹杠站在他面前。

"你反了，……你这……"

大竹杠又向他劈下来了。阿Q两手去抱头，拍的正打在指节上，这可很有一些痛。他冲出厨房门，仿佛背上又着了一下似的。

"忘八蛋！"秀才在后面用了官话这样骂。

阿Q奔入舂米场，一个人站着，还觉得指头痛，还记得"忘八蛋"，因为这话是未庄的乡下人从来不用，专是见过官府的阔人用的，所以格外怕，而印象也格外深。但这时，他那"女……"的思想却也没有了。而且打骂之后，似乎一件事也已经收束，倒反觉得一无挂碍似的，便动手去舂米。舂了一会，他热起来了，又歇了手脱衣服。

脱下衣服的时候，他听得外面很热闹，阿Q生平本来最爱看热闹，便即寻声走出去了。寻声渐渐的寻到赵太爷的内院里，虽然在昏黄中，却辨得出许多人，赵府一家连两日不吃饭的太太也在内，还有间壁的邹七嫂，真正本家的赵白眼，赵司晨。

少奶奶正拖着吴妈走出下房来，一面说：

"你到外面来，……不要躲在自己房里想……"

"谁不知道你正经，……短见是万万寻不得的。"邹七嫂也从旁说。

吴妈只是哭，夹些话，却不甚听得分明。

阿Q想："哼，有趣，这小孤孀不知道闹着什么玩意儿了？"他想打听，走近赵司晨的身边。这时他猛然间看见赵太爷向他奔来，而且手里捏着一支大竹杠。他看见这一支大竹杠，便猛然间悟到自己曾经被打，和这一场热闹似乎有点相关。他翻身便走，想逃回舂米场，不图这支竹杠阻了他的去路，于是他又翻身便走，自然而然的走出后门，不多工夫，已在土谷祠内了。

阿Q坐了一会，皮肤有些起粟，他觉得冷了，因为虽在春季，而夜间颇有余寒，尚不宜于赤膊，他也记得布衫留在赵家，但倘若去取，又深怕秀才的竹杠。然而地保进来了。

“阿Q，你的妈妈的！你连赵家的用人都调戏起来，简直是造反。害得我晚上没有觉睡，你的妈妈的！……”

如是云云的教训了一通，阿Q自然没有话。临末，因为在晚上，应该送地保加倍酒钱四百文，阿Q正没有现钱，便用一顶毡帽做抵押，并且订定了五条件：

一 明天用红烛——要一斤重的—— 一对，香一封，到赵府上去赔罪。

二 赵府上请道士祓除缢鬼，费用由阿Q负担。

三 阿Q从此不准踏进赵府的门槛。

四 吴妈此后倘有不测，惟阿Q是问。

五 阿Q不准再去索取工钱和布衫。

阿Q自然都答应了，可惜没有钱。幸而已经春天，棉被可以无用，便质了二千大钱，履行条约。赤膊磕头之后，居然还剩几文，他也不再赎毡帽，统统喝了酒了。但赵家也并不烧香点烛，因为太太拜佛的时候可以用，留着了。那破布衫是大半做了少奶奶八月间生下来的孩子的衬尿布，那小半破烂的便都做了吴妈的鞋底。

第五章　生计问题

阿Q礼毕之后，仍旧回到土谷祠，太阳下去了，渐渐觉得世上有些古怪。他仔细一想，终于省悟过来：其原因盖在自己的赤膊。他记得破夹袄还在，便披在身上，躺倒了，待张开眼睛，原来太阳又已经照在西墙上头了。他坐起身，一面说道，“妈妈的……”

他起来之后，也仍旧在街上逛，虽然不比赤膊之有切肤之痛，却又渐渐的觉得世上有些古怪了。仿佛从这一天起，未庄的女人们忽然都怕了羞，伊们一见阿Q走来，便个个躲进门里去。甚而至于将近五十岁的邹七嫂，也跟着别人乱钻，而且将十一岁的女儿都叫进去了。阿Q很以为奇，而且想：“这些东西忽然都学起小姐模样来了。这娼妇们……”

但他更觉得世上有些古怪，却是许多日以后的事。其一，酒店不肯赊欠了；其二，管土谷祠的老头子说些废话，似乎叫他走；其三，他虽然记不清多少日，但确乎有许多日，没有一个人来叫他做短工。酒店不赊，熬着也罢了；老头子催他走，噜苏一通也就算了；只是没有人来叫他做短工，却使阿Q肚子饿：这委实是一件非常“妈妈的”的事情。

阿Q忍不下去了，他只好到老主顾的家里去探问，——但独不许踏进赵府的门槛，——然而情形也异样：一定走出一个男人来，现了十分烦厌的相貌，像回复乞丐一般的摇手道：

“没有没有！你出去！”

阿Q愈觉得稀奇了。他想，这些人家向来少不了要帮忙，不至于现在忽然都无事，这总该有些蹊跷在里面了。他留心打听，才知道他们有事都去叫小Don。这小D，是一个穷小子，又瘦又乏，在阿Q的眼睛里，位置是在王胡之下的，谁料这小子竟谋了他的饭碗去。所以阿Q这一气，更与平常不同，当气愤愤的走着的时候，忽然将手一扬，唱道：

“我手执钢鞭将你打！……”

几天之后，他竟在钱府的照壁前遇见了小D。“仇人相见分外眼明”，阿Q便迎上去，小D也站住了。

“畜生！”阿Q怒目而视的说，嘴角上飞出唾沫来。

“我是虫豸，好么？……”小D说。

这谦逊反使阿Q更加愤怒起来，但他手里没有钢鞭，于是只得扑上去，伸手去拔小D的辫子。小D一手护住了自己的辫根，一手也来拔阿Q的辫子，阿Q便也将空着的一只手护住了自己的辫根。从先前的阿Q看来，小D本来是不足齿数的，但他近来挨了饿，又瘦又乏已经不下于小D，所以便成了势均力敌的现象，四只手拔着两颗头，都弯了腰，在钱家粉墙上映出一个蓝色的虹形，至于半点钟之久了。

“好了，好了！”看的人们说，大约是解劝的。

“好，好！”看的人们说，不知道是解劝，是颂扬，还是煽动。

然而他们都不听。阿Q进三步，小D便退三步，都站着；小D进三步，阿Q便退三步，又都站着。大约半点钟，——未庄少有自鸣钟，所以很难说，或者二十分，——他们的头发里便都冒烟，额上便都流汗，阿Q的手放松了，在同一瞬间，小D的手也正放松了，同时直起，同时退开，都挤出人丛去。

“记着罢，妈妈的……”阿Q回过头去说。

“妈妈的，记着罢……”小D也回过头来说。

这一场“龙虎斗”似乎并无胜败，也不知道看的人可满足，都没有发什么议论，而阿Q却仍然没有人来叫他做短工。

有一日很温和，微风拂拂的颇有些夏意了，阿Q却觉得寒冷起来，但这还可担当，第一倒是肚子饿。棉被，毡帽，布衫，早已没有了，其次就卖了棉袄；现在有裤子，却万不可脱的；有破夹袄，又除了送人做鞋底之外，决定卖不出钱。他早想在路上拾得一注钱，但至今还没有见；他想在自己的破屋里忽然寻到一注钱，慌张的四顾，但屋内是空虚而且了然。于是他决计出门求食去了。

他在路上走着要“求食”，看见熟识的酒店，看见熟识的馒头，但他都走过了，不但没有暂停，而且并不想要。他所求的不是这类东西了；他求的是什么东西，他自己不知道。

未庄本不是大村镇，不多时便走尽了。村外多是水田，满眼是新秧的嫩绿，夹着几个圆形的活动的黑点，便是耕田的农夫。阿Q并不赏鉴这田家乐，却只是走，因为他直觉的知道这与他的“求食”之道是很辽远的。但他终于走到静修庵的墙外了。

庵周围也是水田，粉墙突出在新绿里，后面的低土墙里是菜园。阿Q迟疑了一会，四面一看，并没有人。他便爬上这矮墙去，扯着何首乌藤，但泥土仍然簌簌的掉，阿Q的脚也索索的抖；终于攀着桑树枝，跳到里面了。里面真是郁郁葱葱，但似乎并没有黄酒馒头，以及此外可吃的之类。靠西墙是竹丛，下面许多笋，只可惜都是并未煮熟的，还有油菜早经结子，芥菜已将开花，小白菜也很老了。

阿Q仿佛文童落第似的觉得很冤屈，他慢慢走近园门去，忽而非常惊喜了，这分明是一畦老萝卜。他于是蹲下便拔，而门口突然伸出一个很圆的头来，又即缩回去了，这分明是小尼姑。小尼姑之流是阿Q本来视若草芥的，但世事须“退一步想”，所以他便赶紧拔起四个萝卜，拧下青叶，兜在大襟里。然而老尼姑已经出来了。

“阿弥陀佛，阿Q，你怎么跳进园里来偷萝卜！……阿呀，罪过呵，阿唷，阿弥陀佛！……”

“我什么时候跳进你的园里来偷萝卜？”阿Q且看且走的说。

“现在……还不是？”老尼姑指着他的衣兜。

“这是你的？你能叫得他答应你么？你……”

阿Q没有说完话，拔步便跑；追来的是一匹很肥大的黑狗。这本来在前门的，不知怎的到后园来了。黑狗哼而且追，已经要咬着阿Q的腿，幸而从衣兜里落下一个萝卜来，那狗给一吓，略略一停，阿Q已经爬上桑树，跨到土墙，连人和萝卜都滚出墙外面了。只剩着黑狗还在对着桑树嗥，老尼姑念着佛。

阿Q怕尼姑又放出黑狗来，拾起萝卜便走，沿途又检了几块小石头，但黑狗却并不再出现。阿Q于是抛了石块，一面走一面吃，而且想道，这里也没有什么东西寻，不如进城去……

待三个萝卜吃完时，他已经打定了进城的主意了。

第六章　从中兴到末路

在未庄再看见阿Q出现的时候，是刚过了这年的中秋。人们都惊异，说是阿Q回来了，于是又回上去想道，他先前那里去了呢？阿Q前几回的上城，大抵早就兴高采烈的对人说，但这一次却并不，所以也没有一个人留心到。他或者也曾告诉过管土谷祠的老头子，然而未庄老例，只有赵太爷钱太爷和秀才大爷上城才算一件事。假洋鬼子尚且不足数，何况是阿Q：因此老头子也就不替他宣传,而未庄的社会上也就无从知道了。

但阿Q这回的回来,却与先前大不同,确乎很值得惊异。天色将黑,他睡眼蒙胧的在酒店门前出现了,他走近柜台,从腰间伸出手来,满把是银的和铜的,在柜上一扔说,“现钱!打酒来!”穿的是新夹袄,看去腰间还挂着一个大搭连,沉钿钿的将裤带坠成了很弯很弯的弧线。未庄老例,看见略有些醒目的人物,是与其慢也宁敬的,现在虽然明知道是阿Q,但因为和破夹袄的阿Q有些两样了,古人云,“士别三日便当刮目相待”,所以堂倌,掌柜,酒客,路人,便自然显出一种疑而且敬的形态来。掌柜既先之以点头,又继之以谈话:

“嚄,阿Q,你回来了!”

“回来了。”

“发财发财,你是——在……”

“上城去了!”

这一件新闻,第二天便传遍了全未庄。人人都愿意知道现钱和新夹袄的阿Q的中兴史,所以在酒店里,茶馆里,庙檐下,便渐渐的探听出来了。这结果,是阿Q得了新敬畏。

据阿Q说,他是在举人老爷家里帮忙。这一节,听的人都肃然了。这老爷本姓白,但因为合城里只有他一个举人,所以不必再冠姓,说起举人来就是他。这也不独在未庄是如此,便是一百里方圆之内也都如此,人们几乎多以为他的姓名就叫举人老爷的了。在这人的府上帮忙,那当然是可敬的。但据阿Q又说,他却不高兴再帮忙了,因为这举人老爷实在太“妈妈的”了。这一节,听的人都叹息而且快意,因为阿Q本不配在举人老爷家里帮忙,而不帮忙是可惜的。

据阿Q说,他的回来,似乎也由于不满意城里人,这就在他们将长凳称为条凳,而且煎鱼用葱丝,加以最近观察所得的缺点,是女人的走路也扭得不很好。然而也偶有大可佩服的地方,即如未庄的乡下人不过打三十二张的竹牌,只有假洋鬼子能够叉"麻酱",城里却连小乌龟子都叉得精熟的。什么假洋鬼子,只要放在城里的十几岁的小乌龟子的手里,也就立刻是"小鬼见阎王"。这一节,听的人都赧然了。

"你们可看见过杀头么?"阿Q说,"咳,好看。杀革命党。唉,好看好看,……"他摇摇头,将唾沫飞在正对面的赵司晨的脸上。这一节,听的人都凛然了。但阿Q又四面一看,忽然扬起右手,照着伸长脖子听得出神的王胡的后项窝上直劈下去道:

"嚓!"

王胡惊得一跳,同时电光石火似的赶快缩了头,而听的人又都悚然而且欣然了。从此王胡瘟头瘟脑的许多日,并且再不敢走近阿Q的身边;别的人也一样。

阿Q这时在未庄人眼睛里的地位,虽不敢说超过赵太爷,但谓之差不多,大约也就没有什么语病的了。

然而不多久,这阿Q的大名忽又传遍了未庄的闺中。虽然未庄只有钱赵两姓是大屋,此外十之九都是浅闺,但闺中究竟是闺中,所以也算得一件神异。女人们见面时一定说,邹七嫂在阿Q那里买了一条蓝绸裙,旧固然是旧的,但只化了九角钱。还有赵白眼的母亲,——一说是赵司晨的母亲,待考,——也买了一件孩子穿的大红洋纱衫,七成新,只用三百大钱九二串。于是伊们都眼巴巴的想见阿Q，缺绸裙的想问他买绸裙，要洋纱衫的想问他买洋纱衫，不但见了不逃避，有时阿Q已经走过了，也还要追上去叫住他，问道：

“阿Q，你还有绸裙么？没有？纱衫也要的，有罢？”

后来这终于从浅闺传进深闺里去了。因为邹七嫂得意之余，将伊的绸裙请赵太太去鉴赏，赵太太又告诉了赵太爷而且着实恭维了一番。赵太爷便在晚饭桌上，和秀才大爷讨论，以为阿Q实在有些古怪，我们门窗应该小心些；但他的东西，不知道可还有什么可买，也许有点好东西罢。加以赵太太也正想买一件价廉物美的皮背心。于是家族决议，便托邹七嫂即刻去寻阿Q，而且为此新辟了第三种的例外：这晚上也姑且特准点油灯。

油灯干了不少了，阿Q还不到。赵府的全眷都很焦急，打着呵欠，或恨阿Q太飘忽，或怨邹七嫂不上紧。赵太太还怕他因为春天的条件不敢来，而赵太爷以为不足虑：因为这是“我”去叫他的。果然，到底赵太爷有见识，阿Q终于跟着邹七嫂进来了。

“他只说没有没有，我说你自己当面说去，他还要说，我说……”邹七嫂气喘吁吁的走着说。

“太爷！”阿Q似笑非笑的叫了一声，在檐下站住了。

“阿Q，听说你在外面发财，”赵太爷踱开去，眼睛打量着他的全身，一面说。“那很好，那很好的。这个，……听说你有些旧东西，……可以都拿来看一看，……这也并不是别的，因为我倒要……”

“我对邹七嫂说过了。都完了。”

“完了？”赵太爷不觉失声的说，“那里会完得这样快呢？”

“那是朋友的,本来不多。他们买了些,……”

“总该还有一点罢。”

“现在,只剩了一张门幕了。”

“就拿门幕来看看罢。”赵太太慌忙说。

“那么,明天拿来就是,”赵太爷却不甚热心了。“阿 Q,你以后有什么东西的时候,你尽先送来给我们看,……”

“价钱决不会比别家出得少!”秀才说。秀才娘子忙一瞥阿 Q 的脸,看他感动了没有。

“我要一件皮背心。”赵太太说。

阿 Q 虽然答应着,却懒洋洋的出去了,也不知道他是否放在心上。这使赵太爷很失望,气愤而且担心,至于停止了打呵欠。秀才对于阿 Q 的态度也很不平,于是说,这忘八蛋要提防,或者竟不如吩咐地保,不许他住在未庄。但赵太爷以为不然,说这也怕要结怨,况且做这路生意的大概是“老鹰不吃窝下食”,本村倒不必担心的;只要自己夜里警醒点就是了。秀才听了这“庭训”,非常之以为然,便即刻撤消了驱逐阿 Q 的提议,而且叮嘱邹七嫂,请伊万不要向人提起这一段话。

但第二日,邹七嫂便将那蓝裙去染了皂,又将阿 Q 可疑之点传扬出去了,可是确没有提起秀才要驱逐他这一节。然而这已经于阿 Q 很不利。最先,地保寻上门了,取了他的门幕去,阿 Q 说是赵太太要看的,而地保也不还,并且要议定每月的孝敬钱。其次,是村人对于他的敬畏忽而变相了,虽然还不敢来放肆,却很有远避的神情,而这神情和先前的防他来“嚓”的时候又不同,颇混着“敬而远之”的分子了。

只有一班闲人们却还要寻根究底的去探阿Q的底细。阿Q也并不讳饰，傲然的说出他的经验来。从此他们才知道，他不过是一个小脚色，不但不能上墙，并且不能进洞，只站在洞外接东西。有一夜，他刚才接到一个包，正手再进去，不一会，只听得里面大嚷起来，他便赶紧跑，连夜爬出城，逃回未庄来了，从此不敢再去做。然而这故事却于阿Q更不利，村人对于阿Q的“敬而远之”者，本因为怕结怨，谁料他不过是一个不敢再偷的偷儿呢?这实在是“斯亦不足畏也矣”。

第七章 革命

宣统三年九月十四日——即阿Q将搭连卖给赵白眼的这一天——三更四点，有一只大乌篷船到了赵府上的河埠头。这船从黑魆魆中荡来，乡下人睡得熟，都没有知道；出去时将近黎明，却很有几个看见的了。据探头探脑的调查来的结果，知道那竟是举人老爷的船!

那船便将大不安载给了未庄，不到正午，全村的人心就很摇动。船的使命，赵家本来是很秘密的，但茶坊酒肆里却都说，革命党要进城，举人老爷到我们乡下来逃难了。惟有邹七嫂不以为然，说那不过是几口破衣箱，举人老爷想来寄存的，却已被赵太爷回复转去。其实举人老爷和赵秀才素不相能，在理本不能有“共患难”的情谊，况且邹七嫂又和赵家是邻居，见闻较为切近，所以大概该是伊对的。

然而谣言很旺盛，说举人老爷虽然似乎没有亲到，却有一封长信，和赵家排了“转折亲”。赵太爷肚里一轮，觉得于他总不会有坏处，便将箱子留下了，现就塞在太太的床底下。至于革命党，有的说是便在这一夜进了城，个个白盔白甲：穿着崇正皇帝的素。

阿Q的耳朵里，本来早听到过革命党这一句话，今年又亲眼见过杀掉革命党。但他有一种不知从那里来的意见，以为革命党便是造反，造反便是与他为难，所以一向是“深恶而痛绝之”的。殊不料这却使百里闻名的举人老爷有这样怕，于是他未免也有些“神往”了，况且未庄的一群鸟男女的慌张的神情，也使阿Q更快意。

“革命也好罢，”阿Q想，“革这伙妈妈的命，太可恶！太可恨！……便是我，也要投降革命党了。”

阿Q近来用度窘，大约略略有些不平；加以午间喝了两碗空肚酒，愈加醉得快，一面想一面走，便又飘飘然起来。不知怎么一来，忽而似乎革命党便是自己，未庄人却都是他的俘虏了。他得意之余，禁不住大声的嚷道：

“造反了！造反了！”

未庄人都用了惊惧的眼光对他看。这一种可怜的眼光，是阿Q从来没有见过的，一见之下，又使他舒服得如六月里喝了雪水。他更加高兴的走而且喊道：

“好，……我要什么就是什么，我欢喜谁就是谁。

得得，锵锵！

悔不该，酒醉错斩了郑贤弟，

悔不该，呀呀呀……

得得，锵锵，得，锵令锵！

我手执钢鞭将你打……”

赵府上的两位男人和两个真本家，也正站在大门口论革命。阿Q没有见，昂了头直唱过去。

“得得，……”

“老Q，”赵太爷怯怯的迎着低声的叫。

“锵锵，”阿Q料不到他的名字会和“老”字联结起来，以为是一句别的话，与己无干，只是唱。“得，锵，锵令锵，锵！”

“老Q。”

“悔不该……”

“阿Q！”秀才只得直呼其名了。

阿Q这才站住，歪着头问道，“什么？”

“老Q，……现在……”赵太爷却又没有话，“现在……发财么？”

“发财？自然。要什么就是什么……”

“阿……Q哥，像我们这样穷朋友是不要紧的……”赵白眼惴惴的说，似乎想探革命党的口风。

“穷朋友？你总比我有钱。”阿Q说着自去了。

大家都怃然，没有话。赵太爷父子回家，晚上商量到点灯。赵白眼回家，便从腰间扯下搭连来，交给他女人藏在箱底里。

阿Q飘飘然的飞了一通，回到土谷祠，酒已经醒透了。这晚上，管祠的老头子也意外的和气，请他喝茶；阿Q便向他要了两个饼，吃完之后，又要了一支点过的四两烛和一个树烛台，点起来，独自躺在自己的小屋里。他说不出的新鲜而且高兴，烛火像元夜似的闪闪的跳，他的思想也迸跳起来了：

“造反？有趣，……来了一阵白盔白甲的革命党，都拿着板刀，钢鞭，炸弹,洋炮,三尖两刃刀,钩镰枪,走过土谷祠,叫道,'阿Q!同去同去!'于是一同去。……

"这时未庄的一伙鸟男女才好笑哩,跪下叫道,'阿Q,饶命!'谁听他!第一个该死的是小D和赵太爷,还有秀才,还有假洋鬼子,……留几条么?王胡本来还可留,但也不要了。……

"东西,……直走进去打开箱子来:元宝,洋钱,洋纱衫,……秀才娘子的一张宁式床先搬到土谷祠,此外便摆了钱家的桌椅,——或者也就用赵家的罢。自己是不动手的了,叫小D来搬,要搬得快,搬得不快打嘴巴。……

"赵司晨的妹子真丑。邹七嫂的女儿过几年再说。假洋鬼子的老婆会和没有辫子的男人睡觉,吓,不是好东西!秀才的老婆是眼胞上有疤的。……吴妈长久不见了,不知道在那里,——可惜脚太大。"

阿Q没有想得十分停当,已经发了鼾声,四两烛还只点去了小半寸,红焰焰的光照着他张开的嘴。

"荷荷!"阿Q忽而大叫起来,抬了头仓皇的四顾,待到看见四两烛,却又倒头睡去了。

第二天他起得很迟,走出街上看时,样样都照旧。他也仍然肚饿,他想着,想不出什么来;但他忽而似乎有了主意了,慢慢的跨开步,有意无意的走到静修庵。

庵和春天时节一样静,白的墙壁和漆黑的门。他想了一想,前去打门,一只狗在里面叫。他急急拾了几块断砖,再上去较为用力的打,打到黑门上生出许多麻点的时候,才听得有人来开门。

阿Q连忙捏好砖头,摆开马步,准备和黑狗来开战。但庵门只开了一条缝，并无黑狗从中冲出，望进去只有一个老尼姑。

“你又来什么事？”伊大吃一惊的说。

“革命了……你知道？……”阿Q说得很含胡。

“革命革命，革过一革的，……你们要革得我们怎么样呢？”老尼姑两眼通红的说。

“什么？……”阿Q诧异了。

“你不知道，他们已经来革过了！”

“谁？……”阿Q更其诧异了。

“那秀才和洋鬼子！”

阿Q很出意外，不由的一错愕；老尼姑见他失了锐气，便飞速的关了门，阿Q再推时，牢不可开，再打时，没有回答了。

那还是上午的事。赵秀才消息灵，一知道革命党已在夜间进城，便将辫子盘在顶上，一早去拜访那历来也不相能的钱洋鬼子。这是“咸与维新”的时候了，所以他们便谈得很投机，立刻成了情投意合的同志，也相约去革命。他们想而又想，才想出静修庵里有一块“皇帝万岁万万岁”的龙牌，是应该赶紧革掉的，于是又立刻同到庵里去革命。因为老尼姑来阻挡，说了三句话，他们便把伊当作满政府，在头上很给了不少的棍子和栗凿。尼姑待他们走后，定了神来检点，龙牌固然已经碎在地上了，而且又不见了观音娘娘座前的一个宣德炉。

这事阿Q后来才知道。他颇悔自己睡着，但也深怪他们不来招呼他。他又退一步想道：

“难道他们还没有知道我已经投降了革命党么？”

第八章　不准革命

未庄的人心日见其安静了。据传来的消息，知道革命党虽然进了城，倒还没有什么大异样。知县大老爷还是原官，不过改称了什么，而且举人老爷也做了什么——这些名目，未庄人都说不明白——官，带兵的也还是先前的老把总。只有一件可怕的事是另有几个不好的革命党夹在里面捣乱，第二天便动手剪辫子，听说那邻村的航船七斤便着了道儿，弄得不像人样子了。但这却还不算大恐怖，因为未庄人本来少上城，即使偶有想进城的，也就立刻变了计，碰不着这危险。阿Q本也想进城去寻他的老朋友，一得这消息，也只得作罢了。

但未庄也不能说是无改革。几天之后，将辫子盘在顶上的逐渐增加起来了，早经说过，最先自然是茂才公，其次便是赵司晨和赵白眼，后来是阿Q。倘在夏天，大家将辫子盘在头顶上或者打一个结，本不算什么稀奇事，但现在是暮秋，所以这“秋行夏令”的情形，在盘辫家不能不说是万分的英断，而在未庄也不能说无关于改革了。

赵司晨脑后空荡荡的走来，看见的人大嚷说，

“嚄，革命党来了！”

阿Q听了很羡慕。他虽然早知道秀才盘辫的大新闻，但总没有想到自己可以照样做，现在看见赵司晨也如此，才有了学样的意思，定下实行的决心。他用一支竹筷将辫子盘在头顶上，迟疑多时，这才放胆的走去。

他在街上走，人也看他，然而不说什么话，阿Q当初很不快，后来便很

不平。他近来很容易闹脾气了;其实他的生活,倒也并不比造反之前反艰难,人见他也客气,店铺也不说要现钱。而阿 Q 总觉得自己太失意:既然革了命,不应该只是这样的。况且有一回看见小 D,愈使他气破肚皮了。

小 D 也将辫子盘在头顶上了,而且也居然用一支竹筷。阿 Q 万料不到他也敢这样做,自己也决不准他这样做!小 D 是什么东西呢?他很想即刻揪住他,拗断他的竹筷,放下他的辫子,并且批他几个嘴巴,聊且惩罚他忘了生辰八字,也敢来做革命党的罪。但他终于饶放了,单是怒目而视的吐一口唾沫道"呸!"

这几日里,进城去的只有一个假洋鬼子。赵秀才本也想靠着寄存箱子的渊源,亲身去拜访举人老爷的,但因为有剪辫的危险,所以也就中止了。他写了一封"黄伞格"的信,托假洋鬼子带上城,而且托他给自己绍介绍介,去进自由党。假洋鬼子回来时,向秀才讨还了四块洋钱,秀才便有一块银桃子挂在大襟上了;未庄人都惊服,说这是柿油党的顶子,抵得一个翰林;赵太爷因此也骤然大阔,远过于他儿子初隽秀才的时候,所以目空一切,见了阿 Q,也就很有些不放在眼里了。

阿 Q 正在不平,又时时刻刻感着冷落,一听得这银桃子的传说,他立即悟出自己之所以冷落的原因了:要革命,单说投降,是不行的;盘上辫子,也不行的;第一着仍然要和革命党去结识。他生平所知道的革命党只有两个,城里的一个早已"嚓"的杀掉了,现在只剩了一个假洋鬼子。他除却赶紧去和假洋鬼子商量之外,再没有别的道路了。

钱府的大门正开着,阿 Q 便怯怯的躄进去。他一到里面,很吃了惊,只见假洋鬼子正站在院子的中央,一身乌黑的大约是洋衣,身上也挂着一块银桃子,手里是阿Q曾经领教过的棍子,已经留到一尺多长的辫子都拆开了披在肩背上,蓬头散发的像一个刘海仙。对面挺直的站着赵白眼和三个闲人,正在必恭必敬的听说话。

阿Q轻轻的走近了,站在赵白眼的背后,心里想招呼,却不知道怎么说才好;叫他假洋鬼子固然是不行的了,洋人也不妥,革命党也不妥,或者就应该叫洋先生了罢。

洋先生却没有见他,因为白着眼睛讲得正起劲:

"我是性急的,所以我们见面,我总是说:洪哥!我们动手罢!他却总说道No!——这是洋话,你们不懂的。否则早已成功了。然而这正是他做事小心的地方。他再三再四的请我上湖北,我还没有肯。谁愿意在这小县城里做事情。……"

"唔,……这个……"阿Q候他略停,终于用十二分的勇气开口了,但不知道因为什么,又并不叫他洋先生。

听着说话的四个人都吃惊的回顾他。洋先生也才看见:

"什么?"

"我……"

"出去!"

"我要投……"

"滚出去!"洋先生扬起哭丧棒来了。

赵白眼和闲人们便都吆喝道:"先生叫你滚出去,你还不听么!"

阿Q将手向头上一遮,不自觉的逃出门外;洋先生倒也没有追。他快跑了六十多步,这才慢慢的走,于是心里便涌起了忧愁:洋先生不准他革命,他再没有别的路;从此决不能望有白盔白甲的人来叫他,他所有的抱负,志向,希望,前程,全被一笔勾销了。至于闲人们传扬开去,给小D王胡等辈笑话,倒是还在其次的事。

他似乎从来没有经验过这样的无聊。他对于自己的盘辫子,仿佛也觉得无意味,要侮蔑;为报仇起见,很想立刻放下辫子来,但也没有竟放。他游到夜间,赊了两碗酒,喝下肚去,渐渐的高兴起来了,思想里才又出现白盔白甲的碎片。

有一天,他照例的混到夜深,待酒店要关门,才踱回土谷祠去。

拍,吧〜〜〜〜!

他忽而听得一种异样的声音,又不是爆竹。阿Q本来是爱看热闹,爱管闲事的,便在暗中直寻过去。似乎前面有些脚步声;他正听,猛然间一个人从对面逃来了。阿Q一看见,便赶紧翻身跟着逃。那人转弯,阿Q也转弯,既转弯,那人站住了,阿Q也站住。他看后面并无什么,看那人便是小D。

"什么?"阿Q不平起来了。

"赵……赵家遭抢了!"小D气喘吁吁的说。

阿Q的心怦怦的跳了。小D说了便走;阿Q却逃而又停的两三回。但他究竟是做过"这路生意"的人,格外胆大,于是躄出路角,仔细的听,似乎有些嚷嚷,又仔细的看,似乎许多白盔白甲的人,络绎的将箱子抬出了,器具抬出了,秀才娘子的宁式床也抬出了,但是不分明,他还想上前,两只脚却没有动。

这一夜没有月,未庄在黑暗里很寂静,寂静到像羲皇时候一般太平。阿Q站着看到自己发烦,也似乎还是先前一样,在那里来来往往的搬,箱子抬出了，器具抬出了，秀才娘子的宁式床也抬出了，……抬得他自己有些不信他的眼睛了。但他决计不再上前，却回到自己的祠里去了。

土谷祠里更漆黑；他关好大门，摸进自己的屋子里。他躺了好一会，这才定了神，而且发出关于自己的思想来：白盔白甲的人明明到了，并不来打招呼，搬了许多好东西，又没有自己的份，——这全是假洋鬼子可恶，不准我造反，否则，这次何至于没有我的份呢？阿Q越想越气，终于禁不住满心痛恨起来，毒毒的点一点头："不准我造反，只准你造反？妈妈的假洋鬼子，——好，你造反！造反是杀头的罪名呵，我总要告一状，看你抓进县里去杀头，——满门抄斩，——嚓！嚓！"

第九章　大团圆

赵家遭抢之后，未庄人大抵很快意而且恐慌，阿Q也很快意而且恐慌。但四天之后，阿Q在半夜里忽被抓进县城里去了。那时恰是暗夜，一队兵，一队团丁，一队警察，五个侦探，悄悄地到了未庄，乘昏暗围住土谷祠，正对门架好机关枪；然而阿Q不冲出。许多时没有动静，把总焦急起来了，悬了二十千的赏，才有两个团丁冒了险，踰垣进去，里应外合，一拥而入，将阿Q抓出来；直待擒出祠外面的机关枪左近，他才有些清醒了。

到进城，已经是正午，阿Q见自己被搀进一所破衙门，转了五六个弯，便推在一间小屋里。他刚刚一跄踉，那用整株的木料做成的栅栏门便跟着他的脚跟阖上了，其余的三面都是墙壁，仔细看时，屋角上还有两个人。

阿Q虽然有些忐忑，却并不很苦闷，因为他那土谷祠里的卧室，也并没有比这间屋子更高明。那两个也仿佛是乡下人，渐渐和他兜搭起来了，一个说是举人老爷要追他祖父欠下来的陈租，一个不知道为了什么事。他们问阿Q，阿Q爽利的答道，“因为我想造反。”

他下半天便又被抓出栅栏门去了，到得大堂，上面坐着一个满头剃得精光的老头子。阿Q疑心他是和尚，但看见下面站着一排兵，两旁又站着十几个长衫人物，也有满头剃得精光像这老头子的，也有将一尺来长的头发披在背后像那假洋鬼子的，都是一脸横肉，怒目而视的看他；他便知道这人一定有些来历，膝关节立刻自然而然的宽松，便跪了下去了。

“站着说！不要跪！”长衫人物都吆喝说。

阿Q虽然似乎懂得，但总觉得站不住，身不由己的蹲了下去，而且终于趁势改为跪下了。

“奴隶性！……”长衫人物又鄙夷似的说，但也没有叫他起来。

“你从实招来罢，免得吃苦。我早都知道了。招了可以放你。”那光头的老头子看定了阿Q的脸，沉静的清楚的说。

“招罢！”长衫人物也大声说。

“我本来要……来投……”阿Q胡里胡涂的想了一通，这才断断续续的说。

“那么，为什么不来的呢？”老头子和气的问。

“假洋鬼子不准我！”

“胡说！此刻说，也迟了。现在你的同党在那里？”

“什么？……”

“那一晚打劫赵家的一伙人。”

“他们没有来叫我。他们自己搬走了。”阿Q提起来便愤愤。

“走到那里去了呢?说出来便放你了。”老头子更和气了。

“我不知道,……他们没有来叫我……”

然而老头子使了一个眼色,阿Q便又被抓进栅栏门里了。他第二次抓出栅栏门,是第二天的上午。

大堂的情形都照旧。上面仍然坐着光头的老头子,阿Q也仍然下了跪。

老头子和气的问道,“你还有什么话说么?”

阿Q一想,没有话,便回答说,“没有。”

于是一个长衫人物拿了一张纸,并一支笔送到阿Q的面前,要将笔塞在他手里。阿Q这时很吃惊,几乎“魂飞魄散”了:因为他的手和笔相关,这回是初次。他正不知怎样拿;那人却又指着一处地方教他画花押。

“我……我……不认得字。”阿Q一把抓住了笔,惶恐而且惭愧的说。

“那么,便宜你,画一个圆圈!”

阿Q要画圆圈了,那手捏着笔却只是抖。于是那人替他将纸铺在地上,阿Q伏下去,使尽了平生的力画圆圈。他生怕被人笑话,立志要画得圆,但这可恶的笔不但很沉重,并且不听话,刚刚一抖一抖的几乎要合缝,却又向外一耸,画成瓜子模样了。

阿Q正羞愧自己画得不圆,那人却不计较,早已掣了纸笔去,许多人又将他第二次抓进栅栏门。

他第二次进了栅栏,倒也并不十分懊恼。他以为人生天地之间,大约本来有时要抓进抓出,有时要在纸上画圆圈的,惟有圈而不圆,却是他“行状”上的一个污点。但不多时也就释然了,他想:孙子才画得很圆的圆圈呢。于是他睡着了。

然而这一夜，举人老爷反而不能睡：他和把总呕了气了。举人老爷主张第一要追赃，把总主张第一要示众。把总近来很不将举人老爷放在眼里了，拍案打凳的说道，“惩一儆百！你看，我做革命党还不上二十天，抢案就是十几件，全不破案，我的面子在那里？破了案，你又来迂。不成！这是我管的！”举人老爷窘急了，然而还坚持，说是倘若不追赃，他便立刻辞了帮办民政的职务。而把总却道，“请便罢！”于是举人老爷在这一夜竟没有睡，但幸而第二天倒也没有辞。

阿Q第三次抓出栅栏门的时候，便是举人老爷睡不着的那一夜的明天的上午了。他到了大堂，上面还坐着照例的光头老头子；阿Q也照例的下了跪。

老头子很和气的问道，“你还有什么话么？”

阿Q一想，没有话，便回答说，“没有。”

许多长衫和短衫人物，忽然给他穿上一件洋布的白背心，上面有些黑字。阿Q很气苦：因为这很像是带孝，而带孝是晦气的。然而同时他的两手反缚了，同时又被一直抓出衙门外去了。

阿Q被抬上了一辆没有篷的车，几个短衣人物也和他同坐在一处。这车立刻走动了，前面是一班背着洋炮的兵们和团丁，两旁是许多张着嘴的看客，后面怎样，阿Q没有见。但他突然觉到了：这岂不是去杀头么？他一急，两眼发黑，耳朵里嗡的一声，似乎发昏了。然而他又没有全发昏，有时虽然着急，有时却也泰然；他意思之间，似乎觉得人生天地间，大约本来有时也未免要杀头的。

他还认得路，于是有些诧异了：怎么不向着法场走呢？他不知道这是在游街，在示众。但即使知道也一样，他不过便以为人生天地间，大约本来有时也未免要游街要示众罢了。

他省悟了，这是绕到法场去的路，这一定是"嚓"的去杀头。他惘惘的向左右看，全跟着马蚁似的人，而在无意中，却在路旁的人丛中发见了一个吴妈。很久违，伊原来在城里做工了。阿Q忽然很羞愧自己没志气：竟没有唱几句戏。他的思想仿佛旋风似的在脑里一回旋：《小孤孀上坟》欠堂皇，《龙虎斗》里的"悔不该……"也太乏，还是"手执钢鞭将你打"罢。他同时想将手一扬，才记得这两手原来都捆着，于是"手执钢鞭"也不唱了。

"过了二十年又是一个……"阿Q在百忙中，"无师自通"的说出半句从来不说的话。

"好!!!"从人丛里，便发出豺狼的嗥叫一般的声音来。

车子不住的前行，阿Q在喝采声中，轮转眼睛去看吴妈，似乎伊一向并没有见他，却只是出神的看着兵们背上的洋炮。

阿Q于是再看那些喝采的人们。

这刹那中，他的思想又仿佛旋风似的在脑里一回旋了。四年之前，他曾在山脚下遇见一只饿狼，永是不近不远的跟定他，要吃他的肉。他那时吓得几乎要死，幸而手里有一柄斫柴刀，才得仗这壮了胆，支持到未庄；可是永远记得那狼眼睛，又凶又怯，闪闪的像两颗鬼火，似乎远远的来穿透了他的皮肉。而这回他又看见从来没有见过的更可怕的眼睛了，又钝又锋利，不但已经咀嚼了他的话，并且还要咀嚼他皮肉以外的东西，永是不远不近的跟他走。

这些眼睛们似乎连成一气,已经在那里咬他的灵魂。

“救命,……”

然而阿Q没有说。他早就两眼发黑,耳朵里嗡的一声,觉得全身仿佛微尘似的迸散了。

至于当时的影响,最大的倒反在举人老爷,因为终于没有追赃,他全家都号咷了。其次是赵府,非特秀才因为上城去报官,被不好的革命党剪了辫子,而且又破费了二十千的赏钱,所以全家也号咷了。从这一天以来,他们便渐渐的都发生了遗老的气味。

至于舆论,在未庄是无异议,自然都说阿Q坏,被枪毙便是他的坏的证据;不坏又何至于被枪毙呢?而城里的舆论却不佳,他们多半不满足,以为枪毙并无杀头这般好看;而且那是怎样的一个可笑的死因呵,游了那么久的街,竟没有唱一句戏:他们白跟一趟了。

一九二一年十二月。

端午节

方玄绰近来爱说“差不多”这一句话，几乎成了“口头禅”似的；而且不但说，的确也盘据在他脑里了。他最初说的是“都一样”，后来大约觉得欠稳当了，便改为“差不多”，一直使用到现在。

他自从发见了这一句平凡的警句以后，虽然引起了不少的新感慨，同时却也得到许多新慰安。譬如看见老辈威压青年，在先是要愤愤的，但现在却就转念道，将来这少年有了儿孙时，大抵也要摆这架子的罢，便再没有什么不平了。又如看见兵士打车夫，在先也要愤愤的，但现在也就转念道，倘使这车夫当了兵，这兵拉了车，大抵也就这么打，便再也不放在心上了。他这样想着的时候，有时也疑心是因为自己没有和恶社会奋斗的勇气，所以瞒心昧己的故意造出来的一条逃路，很近于“无是非之心”，远不如改正了好。然而这意见，总反而在他脑里生长起来。

他将这“差不多说”最初公表的时候是在北京首善学校的讲堂上，其时大概是提起关于历史上的事情来，于是说到“古今人不相远”，说到各色人等的“性相近”，终于牵扯到学生和官僚身上，大发其议论道：

“现在社会上时髦的都通行骂官僚，而学生骂得尤利害。然而官僚并不是天生的特别种族,就是平民变就的。现在学生出身的官僚就不少,和老官僚有什么两样呢?‘易地则皆然’,思想言论举动丰采都没有什么大区别……便是学生团体新办的许多事业,不是也已经难免出弊病,大半烟消火灭了么?差不多的。但中国将来之可虑就在此……”

散坐在讲堂里的二十多个听讲者,有的怅然了,或者是以为这话对;有的勃然了,大约是以为侮辱了神圣的青年;有几个却对他微笑了,大约以为这是他替自己的辩解:因为方玄绰就是兼做官僚的。

而其实却是都错误。这不过是他的一种新不平;虽说不平,又只是他的一种安分的空论。他自己虽然不知道是因为懒,还是因为无用,总之觉得是一个不肯运动,十分安分守己的人。总长冤他有神经病,只要地位还不至于动摇,他决不开一开口;教员的薪水欠到大半年了,只要别有官俸支持,他也决不开一开口。不但不开口,当教员联合索薪的时候,他还暗地里以为欠斟酌,太嚷嚷;直到听得同寮过分的奚落他们了,这才略有些小感慨,后来一转念,这或者因为自己正缺钱,而别的官并不兼做教员的缘故罢,于是也就释然了。

他虽然也缺钱,但从没有加入教员的团体内,大家议决罢课,可是不去上课了。政府说“上了课才给钱”,他才略恨他们的类乎用果子耍猴子;一个大教育家说道“教员一手挟书包一手要钱不高尚”,他才对于他的太太正式的发牢骚了。

“喂,怎么只有两盘?”听了“不高尚说”这一日的晚餐时候,他看着菜蔬说。

他们是没有受过新教育的,太太并无学名或雅号,所以也就没有什么称呼了，照老例虽然也可以叫“太太”，但他又不愿意太守旧，于是就发明了一个“喂”字。太太对他却连“喂”字也没有，只要脸向着他说话，依据习惯法，他就知道这话是对他而发的。

“可是上月领来的一成半都完了……昨天的米，也还是好容易才赊来的呢。”伊站在桌旁，脸对着他说。

“你看，还说教书的要薪水是卑鄙哩。这种东西似乎连人要吃饭，饭要米做，米要钱买这一点粗浅事情都不知道……”

“对啦。没有钱怎么买米，没有米怎么煮……”

他两颊都鼓起来了，仿佛气恼这答案正和他的议论“差不多”，近乎随声附和模样；接着便将头转向别一面去了，依据习惯法，这是宣告讨论中止的表示。

待到凄风冷雨这一天，教员们因为向政府去索欠薪，在新华门前烂泥里被国军打得头破血出之后，倒居然也发了一点薪水。方玄绰不费一举手之劳的领了钱，酌还些旧债，却还缺一大笔款，这是因为官俸也颇有些拖欠了。当是时，便是廉吏清官们也渐以为薪之不可不索，而况兼做教员的方玄绰，自然更表同情于学界起来，所以大家主张继续罢课的时候，他虽然仍未到场，事后却尤其心悦诚服的确守了公共的决议。

然而政府竟又付钱，学校也就开课了。但在前几天，却有学生总会上一个呈文给政府，说“教员倘若不上课，便不要付欠薪。”这虽然并无效，而方玄绰却忽而记起前回政府所说的“上了课才给钱”的话来，“差不多”这一个影子在他眼前又一幌，而且并不消灭，于是他便在讲堂上公表了。

准此，可见如果将“差不多说”锻炼罗织起来，自然也可以判作一种挟带私心的不平，但总不能说是专为自己做官的辩解。只是每到这些时，他又常常喜欢拉上中国将来的命运之类的问题，一不小心，便连自己也以为是一个忧国的志士：人们是每苦于没有“自知之明”的。

但是“差不多”的事实又发生了，政府当初虽只不理那些招人头痛的教员，后来竟不理到无关痛痒的官吏，欠而又欠，终于逼得先前鄙薄教员要钱的好官，也很有几员化为索薪大会里的骁将了。惟有几种日报上却很发了些鄙薄讥笑他们的文字。方玄绰也毫不为奇，毫不介意，因为他根据了他的“差不多说”，知道这是新闻记者还未缺少润笔的缘故，万一政府或是阔人停了津贴，他们多半也要开大会的。

他既已表同情于教员的索薪，自然也赞成同寮的索俸，然而他仍然安坐在衙门中，照例的并不一同去讨债。至于有人疑心他孤高，那可也不过是一种误解罢了。他自己说，他是自从出世以来，只有人向他来要债，他从没有向人去讨过债，所以这一端是“非其所长”。而且他最不敢见手握经济之权的人物，这种人待到失了权势之后，捧着一本《大乘起信论》讲佛学的时候，固然也很是“蔼然可亲”的了，但还在宝座上时，却总是一副阎王脸，将别人都当奴才看，自以为手操着你们这些穷小子们的生杀之权。他因此不敢见，也不愿见他们。这种脾气，虽然有时连自己也觉得是孤高，但往往同时也疑心这其实是没本领。

大家左索右索，总算一节一节的挨过去了，但比起先前来，方玄绰究竟是万分的拮据，所以使用的小厮和交易的店家不消说，便是方太太对于他也渐渐的缺了敬意，只要看伊近来不很附和，而且常常提出独创的意见，有些唐突的举动，也就可以了然了。到了阴历五月初四的午前，他一回来，伊便将一叠账单塞在他的鼻子跟前,这也是往常所没有的。

“一总总得一百八十块钱才够开消……发了么?”伊并不对着他看的说。

“哼,我明天不做官了。钱的支票是领来的了,可是索薪大会的代表不发放,先说是没有同去的人都不发,后来又说是要到他们跟前去亲领。他们今天单捏着支票,就变了阎王脸,我实在怕看见……我钱也不要了,官也不做了,这样无限量的卑屈……”

方太太见了这少见的义愤,倒有些愕然了,但也就沉静下来。

“我想,还不如去亲领罢,这算什么呢。”伊看着他的脸说。

“我不去!这是官俸,不是赏钱,照例应该由会计科送来的。”

“可是不送来又怎么好呢……哦,昨夜忘记说了,孩子们说那学费,学校里已经催过好几次了,说是倘若再不缴……”

“胡说!做老子的办事教书都不给钱,儿子去念几句书倒要钱?”

伊觉得他已经不很顾忌道理,似乎就要将自己当作校长来出气,犯不上,便不再言语了。

两个默默的吃了午饭。他想了一会,又懊恼的出去了。

照旧例,近年是每逢节根或年关的前一天,他一定须在夜里的十二点钟才回家,一面走,一面掏着怀中,一面大声的叫道,“喂,领来了!”于是递给伊一叠簇新的中交票,脸上很有些得意的形色。谁知道初四这一天却破了例,他不到七点钟便回家来。方太太很惊疑,以为他竟已辞了职了,但暗暗地察看他脸上,却也并不见有什么格外倒运的神情。

“怎么?……这样早?……”伊看定了他说。

“发不及了,领不出了,银行已经关了门,得等初八。”

“亲领?……”伊惴惴的问。

“亲领这一层，倒也已经取消了，听说仍旧由会计科分送。可是银行今天已经关了门，休息三天，得等到初八的上午。”他坐下，眼睛看着地面了，喝过一口茶，才又慢慢的开口说，“幸而衙门里也没有什么问题了，大约到初八就准有钱……向不相干的亲戚朋友去借钱，实在是一件烦难事。我午后硬着头皮去寻金永生，谈了一会，他先恭维我不去索薪，不肯亲领，非常之清高，一个人正应该这样做；待到知道我想要向他通融五十元，就像我在他嘴里塞了一大把盐似的，凡有脸上可以打皱的地方都打起皱来，说房租怎样的收不起，买卖怎样的赔本，在同事面前亲身领款，也不算什么的，即刻将我支使出来了。”

“这样紧急的节根，谁还肯借出钱去呢。”方太太却只淡淡的说，并没有什么慨然。

方玄绰低下头来了，觉得这也无怪其然的，况且自己和金永生本来很疏远。他接着就记起去年年关的事来，那时有一个同乡来借十块钱，他其时明明已经收到了衙门的领款凭单的了，因为恐怕这人将来未必会还钱，便装了一副为难的神色，说道衙门里既然领不到俸钱，学校里又不发薪水，实在“爱莫能助”，将他空手送走了。他虽然自己并不看见装了怎样的脸，但此时却觉得很局促，嘴唇微微一动，又摇一摇头。

然而不多久，他忽而恍然大悟似的发命令了：叫小厮即刻上街去赊一瓶莲花白。他知道店家希图明天多还账，大抵是不敢不赊的，假如不赊，则明天分文不还，正是他们应得的惩罚。

莲花白竟赊来了，他喝了两杯，青白色的脸上泛了红，吃完饭，又颇有些高兴了。他点上一枝大号哈德门香烟,从桌上抓起一本《尝试集》来,躺在床上就要看。

"那么,明天怎么对付店家呢?"方太太追上去,站在床面前,看着他的脸说。

"店家?……教他们初八的下半天来。"

"我可不能这么说。他们不相信,不答应的。"

"有什么不相信。他们可以问去,全衙门里什么人也没有领到,都得初八!"他戟着第二个指头在帐子里的空中画了一个半圆,方太太跟着指头也看了一个半圆,只见这手便去翻开了《尝试集》。

方太太见他强横到出乎情理之外了,也暂时开不得口。

"我想,这模样是闹不下去的,将来总得想点法,做点什么别的事……"伊终于寻到了别的路,说。

"什么法呢?我'文不像誊录生,武不像救火兵',别的做什么?"

"你不是给上海的书铺子做过文章么?"

"上海的书铺子?买稿要一个一个的算字,空格不算数。你看我做在那里的白话诗去,空白有多少,怕只值三百大钱一本罢。收版权税又半年六月没消息,'远水救不得近火',谁耐烦。"

"那么,给这里的报馆里……"

"给报馆里?便在这里很大的报馆里,我靠着一个学生在那里做编辑的大情面,一千字也就是这几个钱,即使一早做到夜,能够养活你们么?况且我肚子里也没有这许多文章。"

"那么,过了节怎么办呢?"

“过了节么?——仍旧做官……明天店家来要钱，你只要说初八的下午。”

他又要看《尝试集》了。方太太怕失了机会,连忙吞吞吐吐的说:

“我想,过了节,到了初八,我们……倒不如去买一张彩票……”

“胡说!会说出这样无教育的……”

这时候,他忽而又记起被金永生支使出来以后的事了。那时他惘惘的走过稻香村,看见店门口竖着许多斗大的字的广告道“头彩几万元”,仿佛记得心里也一动,或者也许放慢了脚步的罢,但似乎因为舍不得皮夹里仅存的六角钱,所以竟也毅然决然的走远了。他脸色一变,方太太料想他是在恼着伊的无教育,便赶紧退开,没有说完话。方玄绰也没有说完话,将腰一伸,咿咿呜呜的就念《尝试集》。

一九二二年六月。

白 光

陈士成看过县考的榜，回到家里的时候，已经是下午了。他去得本很早，一见榜，便先在这上面寻陈字。陈字也不少，似乎也都争先恐后的跳进他眼睛里来，然而接着的却全不是士成这两个字。他于是重新再在十二张榜的圆图里细细地搜寻，看的人全已散尽了，而陈士成在榜上终于没有见，单站在试院的照壁的面前。

凉风虽然拂拂的吹动他斑白的短发，初冬的太阳却还是很温和的来晒他。但他似乎被太阳晒得头晕了，脸色越加变成灰白，从劳乏的红肿的两眼里，发出古怪的闪光。这时他其实早已不看到什么墙上的榜文了，只见有许多乌黑的圆圈，在眼前泛泛的游走。

隽了秀才，上省去乡试，一径联捷上去，……绅士们既然千方百计的来攀亲，人们又都像看见神明似的敬畏，深悔先前的轻薄，发昏，……赶走了租住在自己破宅门里的杂姓——那是不劳说赶，自己就搬的，——屋宇全新了，门口是旗竿和扁额，……要清高可以做京官，否则不如谋外放。……他平日安排停当的前程，这时候又像受潮的糖塔一般，刹时倒塌，只剩下一堆碎片了。他不自觉的旋转了觉得涣散了的身躯，惘惘的走向归家的路。

他刚到自己的房门口，七个学童便一齐放开喉咙，吱的念起书来。他大吃一惊，耳朵边似乎敲了一声磬，只见七个头拖了小辫子在眼前幌，幌得满房，黑圈子也夹着跳舞。他坐下了，他们送上晚课来，脸上都显出小觑他的神色。

“回去罢。”他迟疑了片时，这才悲惨的说。

他们胡乱的包了书包，挟着，一溜烟跑走了。

陈士成还看见许多小头夹着黑圆圈在眼前跳舞，有时杂乱，有时也排成异样的阵图，然而渐渐的减少，模胡了。

“这回又完了！”

他大吃一惊，直跳起来，分明就在耳朵边的话，回过头去却并没有什么人，仿佛又听得嗡的敲了一声磬，自己的嘴也说道：

“这回又完了！”

他忽而举起一只手来，屈指计数着想，十一，十三回，连今年是十六回，竟没有一个考官懂得文章，有眼无珠，也是可怜的事，便不由嘻嘻的失了笑。然而他愤然了，蓦地从书包布底下抽出誊真的制艺和试帖来，拿着往外走，刚近房门，却看见满眼都明亮，连一群鸡也正在笑他，便禁不住心头突突的狂跳，只好缩回里面了。

他又就了坐，眼光格外的闪烁；他目睹着许多东西，然而很模胡，——是倒塌了的糖塔一般的前程躺在他面前，这前程又只是广大起来，阻住了他的一切路。

别家的炊烟早消歇了，碗筷也洗过了，而陈士成还不去做饭。寓在这里的杂姓是知道老例的，凡遇到县考的年头，看见发榜后的这样的眼光，不如及早关了门，不要多管事。最先就绝了人声，接着是陆续的熄了灯火，独有月亮，却缓缓的出现在寒夜的空中。

空中青碧到如一片海，略有些浮云，仿佛有谁将粉笔洗在笔洗里似的摇曳。月亮对着陈士成注下寒冷的光波来，当初也不过像是一面新磨的铁镜罢了，而这镜却诡秘的照透了陈士成的全身，就在他身上映出铁的月亮的影。

他还在房外的院子里徘徊，眼里颇清净了，四近也寂静。但这寂静忽又无端的纷扰起来，他耳边又确凿听到急促的低声说：

"左弯右弯……"

他耸然了，倾耳听时，那声音却又提高的复述道：

"右弯！"

他记得了。这院子，是他家还未如此雕零的时候，一到夏天的夜间，夜夜和他的祖母在此纳凉的院子。那时他不过十岁有零的孩子，躺在竹榻上，祖母便坐在榻旁边，讲给他有趣的故事听。伊说是曾经听得伊的祖母说，陈氏的祖宗是巨富的，这屋子便是祖基，祖宗埋着无数的银子，有福气的子孙一定会得到的罢，然而至今还没有现。至于处所，那是藏在一个谜语的中间：

"左弯右弯，前走后走，量金量银不论斗。"

对于这谜语，陈士成便在平时，本也常常暗地里加以揣测的，可惜大抵刚以为可通，却又立刻觉得不合了。有一回，他确有把握，知道这是在租给唐家的房底下的了，然而总没有前去发掘的勇气；过了几时，可又觉得太不相像了。至于他自己房子里的几个掘过的旧痕迹，那却全是先前几回下第以后的发了怔忡的举动，后来自己一看到，也还感到惭愧而且羞人。

但今天铁的光罩住了陈士成，又软软的来劝他了，他或者偶一迟疑，便给他正经的证明，又加上阴森的催逼，使他不得不又向自己的房里转过眼光去。

白光如一柄白团扇，摇摇摆摆的闪起在他房里了。

“也终于在这里！”

他说着，狮子似的赶快走进那房里去，但跨进里面的时候，便不见了白光的影踪，只有莽苍苍的一间旧房，和几个破书桌都没在昏暗里。他爽然的站着，慢慢的再定睛，然而白光却分明的又起来了，这回更广大，比硫黄火更白净，比朝雾更霏微，而且便在靠东墙的一张书桌下。

陈士成狮子似的奔到门后边，伸手去摸锄头，撞着一条黑影。他不知怎的有些怕了，张惶的点了灯，看锄头无非倚着。他移开桌子，用锄头一气掘起四块大方砖，蹲身一看，照例是黄澄澄的细沙，揎了袖爬开细沙，便露出下面的黑土来。他极小心的，幽静的，一锄一锄往下掘，然而深夜究竟太寂静了，尖铁触土的声音，总是钝重的不肯瞒人的发响。

土坑深到二尺多了，并不见有瓮口，陈士成正心焦，一声脆响，颇震得手腕痛，锄尖碰着什么坚硬的东西了；他急忙抛下锄头，摸索着看时，一块大方砖在下面。他的心抖得很利害，聚精会神的挖起那方砖来，下面也满是先前一样的黑土，爬松了许多土，下面似乎还无穷。但忽而又触着坚硬的小东西了，圆的，大约是一个锈铜钱；此外也还有几片破碎的磁片。

陈士成心里仿佛觉得空虚了，浑身流汗，急躁的只爬搔；这其间，心在空中一抖动，又触着一种古怪的小东西了，这似乎约略有些马掌形的，但触手很松脆。他又聚精会神的挖起那东西来，谨慎的撮着，就灯光下仔细的看时，那东西斑斑剥剥的像是烂骨头，上面还带着一排零落不全的牙齿。他已经悟到这许是下巴骨了，而那下巴骨也便在他手里索索的动弹起来，而且笑吟吟的显出笑影，终于听得他开口道：

“这回又完了！”

他栗然的发了大冷，同时也放了手，下巴骨轻飘飘的回到坑底里不多久，他也就逃到院子里了。他偷看房里面，灯光如此辉煌，下巴骨如此嘲笑，异乎寻常的怕人，便再不敢向那边看。他躲在远处的檐下的阴影里，觉得较为平安了；但在这平安中，忽而耳朵边又听得窃窃的低声说：

“这里没有……到山里去……”

陈士成似乎记得白天在街上也曾听得有人说这种话，他不待再听完，已经恍然大悟了。他突然仰面向天，月亮已向西高峰这方面隐去，远想离城三十五里的西高峰正在眼前，朝笏一般黑魆魆的挺立着，周围便放出浩大闪烁的白光来。

而且这白光又远远的就在前面了。

“是的，到山里去！”

他决定的想，惨然的奔出去了。几回的开门声之后，门里面便再不闻一些声息。灯火结了大灯花照着空屋和坑洞，毕毕剥剥的炸了几声之后，便渐渐的缩小以至于无有，那是残油已经烧尽了。

“开城门来〰〰”

含着大希望的恐怖的悲声，游丝似的在西关门前的黎明中，战战兢兢的叫喊。

第二天的日中，有人在离西门十五里的万流湖里看见一个浮尸，当即传扬开去，终于传到地保的耳朵里了，便叫乡下人捞将上来。那是一个男尸，五十多岁，“身中面白无须”，浑身也没有什么衣裤。或者说这就是陈士成。但邻居懒得去看，也并无尸亲认领，于是经县委员相验之后，便由地保抬埋了。至于死因，那当然是没有问题的，剥取死尸的衣服本来是常有的事，够不上疑心到谋害去；而且仵作也证明是生前的落水，因为他确凿曾在水底里挣命，所以十个指甲里都满嵌着河底泥。

一九二二年六月。

兔和猫

住在我们后进院子里的三太太，在夏间买了一对白兔，是给伊的孩子们看的。

这一对白兔，似乎离娘并不久，虽然是异类，也可以看出他们的天真烂熳来。但也竖直了小小的通红的长耳朵，动着鼻子，眼睛里颇现些惊疑的神色，大约究竟觉得人地生疏，没有在老家时候的安心了。这种东西，倘到庙会日期自己出去买，每个至多不过两吊钱，而三太太却花了一元，因为是叫小使上店买来的。

孩子们自然大得意了，嚷着围住了看；大人也都围着看；还有一匹小狗名叫S的也跑来，闯过去一嗅，打了一个喷嚏，退了几步。三太太吆喝着，“S，听着，不准你咬他！”于是在他头上打了一掌，S便退开了，从此并不咬。

这一对兔总是关在后窗后面的小院子里的时候多，听说是因为太喜欢撕壁纸，也常常啃木器脚。这小院子里有一株野桑树，桑子落地，他们最爱吃，便连喂他们的波菜也不吃了。乌鸦喜鹊想要下来时，他们便躬着身子用后脚在地上使劲的一弹，砉的一声直跳上来，像飞起了一团雪，鸦鹊吓得赶紧走，这样的几回，再也不敢近来了。三太太说，鸦鹊倒不打紧，至多也不过抢吃一点食料，可恶的是一匹大黑猫，常在矮墙上恶狠狠的看，这却要防的，幸而S和猫是对头，或者还不至于有什么罢。

孩子们时时捉他们来玩耍；他们很和气，竖起耳朵，动着鼻子，驯良的站在小手的圈子里，但一有空，却也就溜开去了。他们夜里的卧榻是一个小木箱，里面铺些稻草，就在后窗的房檐下。

这样的几个月之后，他们忽而自己掘土了，掘得非常快，前脚一抓，后脚一踢，不到半天，已经掘成一个深洞。大家都奇怪，后来仔细看时，原来一个的肚子比别一个的大得多了。他们第二天便将干草和树叶衔进洞里去，忙了大半天。

大家都高兴，说又有小兔可看了；三太太便对孩子们下了戒严令，从此不许再去捉。我的母亲也很喜欢他们家族的繁荣，还说待生下来的离了乳，也要去讨两匹养在自己的窗外面。

他们从此便住在自造的洞府里，有时也出来吃些食，后来不见了，可不知道他们是预先运粮存在里面呢还是竟不吃。过了十多大，三太太对我说，那两匹又出来了，大约小兔是生下来又都死掉了，因为雌的一匹的奶非常多，却并不见有进去哺养孩了的形迹。伊言语之间颇气愤，然而也没有法。

有一天，太阳很温暖，也没有风，树叶都不动，我忽听得许多人在那里笑，寻声看时，却见许多人都靠着三太太的后窗看：原来有一个小兔，在院子里跳跃了。这比他的父母买来的时候还小得远，但也已经能用后脚一弹地，迸跳起来了。孩子们争着告诉我说，还看见一个小兔到洞口来探一探头，但是即刻缩回去了，那该是他的弟弟罢。

那小的也检些草叶吃，然而大的似乎不许他，往往夹口的抢去了，而自己并不吃。孩子们笑得响，那小的终于吃惊了，便跳着钻进洞里去；大的也跟到洞门口，用前脚推着他的孩子的脊梁，推进之后，又爬开泥土来封了洞。

从此小院子里更热闹，窗口也时时有人窥探了。

然而竟又全不见了那小的和大的。这时是连日的阴天，三太太又虑到遭了那大黑猫的毒手的事去。我说不然，那是天气冷，当然都躲着，太阳一出，一定出来的。

太阳出来了，他们却都不见。于是大家就忘却了。

惟有三太太是常在那里喂他们波菜的，所以常想到。伊有一回走进窗后的小院子去，忽然在墙角上发见了一个别的洞，再看旧洞口，却依稀的还见有许多爪痕。这爪痕倘说是大兔的，爪该不会有这样大，伊又疑心到那常在墙上的大黑猫去了，伊于是也就不能不定下发掘的决心了。伊终于出来取了锄子，一路掘下去，虽然疑心，却也希望着意外的见了小白兔的，但是待到底，却只见一堆烂草夹些兔毛，怕还是临蓐时候所铺的罢，此外是冷清清的，全没有什么雪白的小兔的踪迹，以及他那只一探头未出洞外的弟弟了。

气愤和失望和凄凉，使伊不能不再掘那墙角上的新洞了。一动手，那大的两匹便先窜出洞外面。伊以为他们搬了家了，很高兴，然而仍然掘，待见底，那里面也铺着草叶和兔毛，而上面却睡着七个很小的兔，遍身肉红色，细看时，眼睛全都没有开。

一切都明白了，三太太先前的预料果不错。伊为预防危险起见，便将七个小的都装在木箱中，搬进自己的房里，又将大的也捺进箱里面，勒令伊去哺乳。

三太太从此不但深恨黑猫，而且颇不以大兔为然了。据说当初那两个被害之先，死掉的该还有，因为他们生一回，决不至于只两个，但为了哺乳不匀，不能争食的就先死了。这大概也不错的，现在七个之中，就有两个很瘦弱。所以三太太一有闲空，便捉住母兔，将小兔一个一个轮流的摆在肚子上来喝奶，不准有多少。

母亲对我说，那样麻烦的养兔法，伊历来连听也未曾听到过，恐怕是可以收入《无双谱》的。

白兔的家庭更繁荣；大家也又都高兴了。

但自此之后，我总觉得凄凉。夜半在灯下坐着想，那两条小性命，竟是人不知鬼不觉的早在不知什么时候丧失了，生物史上不着一些痕迹，并S也不叫一声。我于是记起旧事来，先前我住在会馆里，清早起身，只见大槐树下一片散乱的鸽子毛，这明明是膏于鹰吻的了，上午长班来一打扫，便什么都不见，谁知道曾有一个生命断送在这里呢？我又曾路过西四牌楼，看见一匹小狗被马车轧得快死，待回来时，什么也不见了，搬掉了罢，过往行人憧憧的走着，谁知道曾有一个生命断送在这里呢？夏夜，窗外面，常听到苍蝇的悠长的吱吱的叫声，这一定是给蝇虎咬住了，然而我向来无所容心于其间，而别人并且不听到……

假使造物也可以责备，那么，我以为他实在将生命造得太滥，毁得太滥了。

嗥的一声，又是两条猫在窗外打起架来。

"迅儿！你又在那里打猫了？"

"不，他们自己咬。他那里会给我打呢。"

我的母亲是素来很不以我的虐待猫为然的。现在大约疑心我要替小兔抱不平，下什么辣手，便起来探问了。而我在全家的口碑上，却的确算一个猫敌。我曾经害过猫，平时也常打猫，尤其是在他们配合的时候，但我之所以打的原因并非因为他们配合，是因为他们嚷，嚷到使我睡不着，我以为配合是不必这样大嚷而特嚷的。

况且黑猫害了小兔，我更是“师出有名”的了。我觉得母亲实在太修善，于是不由的就说出模棱的近乎不以为然的答话来。

造物太胡闹，我不能不反抗他了，虽然也许是倒是帮他的忙……

那黑猫是不能久在矮墙上高视阔步的了，我决定的想，于是又不由的一瞥那藏在书箱里的一瓶青酸钾。

一九二二年十月。

鸭的喜剧

俄国的盲诗人爱罗先珂君带了他那六弦琴到北京之后不多久，便向我诉苦说：

“寂寞呀，寂寞呀，在沙漠上似的寂寞呀！”

这应该是真实的，但在我却未曾感得；我住得久了，“入芝兰之室，久而不闻其香”，只以为很是嚷嚷罢了。然而我之所谓嚷嚷，或者也就是他之所谓寂寞罢。

我可是觉得在北京仿佛没有春和秋。老于北京的人说，地气北转了，这里在先是没有这么和暖。只是我总以为没有春和秋；冬末和夏初衔接起来，夏才去，冬又开始了。

一日就是这冬末夏初的时候，而且是夜间，我偶而得了闲暇，去访问爱罗先珂君。他一向寓在仲密君的家里；这时一家的人都睡了觉了，天下很安静。他独自靠在自己的卧榻上，很高的眉棱在金黄色的长发之间微蹙了，是在想他旧游之地的缅甸，缅甸的夏夜。

“这样的夜间，”他说，“在缅甸是遍地是音乐。房里，草间，树上，都有昆虫吟叫，各种声音，成为合奏，很神奇。其间时时夹着蛇鸣：‘嘶嘶！’可是也与虫声相和协……”他沉思了，似乎想要追想起那时的情景来。

我开不得口。这样奇妙的音乐，我在北京确乎未曾听到过，所以即使如何爱国，也辩护不得，因为他虽然目无所见，耳朵是没有聋的。

“北京却连蛙鸣也没有……”他又叹息说。

“蛙鸣是有的！”这叹息，却使我勇猛起来了，于是抗议说，“到夏天，大雨之后，你便能听到许多虾蟆叫，那是都在沟里面的，因为北京到处都有沟。”

“哦……”

过了几天，我的话居然证实了，因为爱罗先珂君已经买到了十几个科斗子。他买来便放在他窗外的院子中央的小池里。那池的长有三尺，宽有二尺，是仲密所掘，以种荷花的荷池。从这荷池里，虽然从来没有见过养出半朵荷花来，然而养虾蟆却实在是一个极合式的处所。

科斗成群结队的在水里面游泳；爱罗先珂君也常常踱来访他们。有时候，孩子告诉他说，“爱罗先珂先生，他们生了脚了。”他便高兴的微笑道，“哦！”

然而养成池沼的音乐家却只是爱罗先珂君的一件事。他是向来主张自食其力的，常说女人可以畜牧，男人就应该种田。所以遇到很熟的友人，他便要劝诱他就在院子里种白菜；也屡次对仲密夫人劝告，劝伊养蜂，养鸡，养猪，养牛，养骆驼。后来仲密家里果然有了许多小鸡，满院飞跑，啄完了铺地锦的嫩叶，大约也许就是这劝告的结果了。

从此卖小鸡的乡下人也时常来，来一回便买几只，因为小鸡是容易积食，发痧，很难得长寿的；而且有一匹还成了爱罗先珂君在北京所作唯一的小说《小鸡的悲剧》里的主人公。有一天的上午，那乡下人竟意外的带了小鸭来了，咻咻的叫着；但是仲密夫人说不要。爱罗先珂君也跑出来，他们就放一个在他两手里，而小鸭便在他两手里咻咻的叫。他以为这也很可爱，于是又不能不买了，一共买了四个，每个八十文。

小鸭也诚然是可爱，遍身松花黄，放在地上，便蹒跚的走，互相招呼，总是在一处。大家都说好，明天去买泥鳅来喂他们罢。爱罗先珂君说，“这钱也可以归我出的。”

他于是教书去了；大家也走散。不一会，仲密夫人拿冷饭来喂他们时，在远处已听得泼水的声音，跑到一看，原来那四个小鸭都在荷池里洗澡了，而且还翻筋斗，吃东西呢。等到拦他们上了岸，全池已经是浑水，过了半天，澄清了，只见泥里露出几条细藕来；而且再也寻不出一个已经生了脚的科斗了。

“伊和希珂先，没有了，虾蟆的儿子。”傍晚时候，孩子们一见他回来，最小的一个便赶紧说。

“唔，虾蟆？”

仲密夫人也出来了，报告了小鸭吃完科斗的故事。

“唉，唉！……”他说。

待到小鸭褪了黄毛，爱罗先珂君却忽而渴念着他的“俄罗斯母亲”了，便匆匆的向赤塔去。

待到四处蛙鸣的时候，小鸭也已经长成，两个白的，两个花的，而且不复咻咻的叫，都是“鸭鸭”的叫了。荷花池也早已容不下他们盘桓了，幸而仲密的住家的地势是很低的，夏雨一降，院子里满积了水，他们便欣欣然，游水，钻水，拍翅子，“鸭鸭”的叫。

现在又从夏末交了冬初，而爱罗先珂君还是绝无消息，不知道究竟在那里了。

只有四个鸭，却还在沙漠上“鸭鸭”的叫。

一九二二年十月。

社　戏

我在倒数上去的二十年中，只看过两回中国戏，前十年是绝不看，因为没有看戏的意思和机会，那两回全在后十年，然而都没有看出什么来就走了。

第一回是民国元年我初到北京的时候，当时一个朋友对我说，北京戏最好，你不去见见世面么？我想，看戏是有味的，而况在北京呢。于是都兴致勃勃的跑到什么园，戏文已经开场了，在外面也早听到冬冬地响。我们挨进门，几个红的绿的在我的眼前一闪烁，便又看见戏台下满是许多头，再定神四面看，却见中间也还有几个空座，挤过去要坐时，又有人对我发议论，我因为耳朵已经喤喤的响着了，用了心，才听到他是说"有人，不行！"

我们退到后面，一个辫子很光的却来领我们到了侧面，指出一个地位来。这所谓地位者，原来是一条长凳，然而他那坐板比我的上腿要狭到四分之三，他的脚比我的下腿要长过三分之二。我先是没有爬上去的勇气，接着便联想到私刑拷打的刑具，不由的毛骨悚然的走出了。

走了许多路，忽听得我的朋友的声音道，"究竟怎的？"我回过脸去，原来他也被我带出来了。他很诧异的说，"怎么总是走，不答应？"我说，"朋友，对不起，我耳朵只在冬冬喤喤的响，并没有听到你的话。”

后来我每一想到，便很以为奇怪，似乎这戏太不好，——否则便是我近来在戏台下不适于生存了。

第二回忘记了那一年，总之是募集湖北水灾捐而谭叫天还没有死。捐法是两元钱买一张戏票，可以到第一舞台去看戏，扮演的多是名角，其一就是小叫天。我买了一张票，本是对于劝募人聊以塞责的，然而似乎又有好事家乘机对我说了些叫天不可不看的大法要了。我于是忘了前几年的冬冬喤喤之灾，竟到第一舞台去了，但大约一半也因为重价购来的宝票，总得使用了才舒服。我打听得叫天出台是迟的，而第一舞台却是新式构造，用不着争座位，便放了心，延宕到九点钟才出去，谁料照例，人都满了，连立足也难，我只得挤在远处的人丛中看一个老旦在台上唱。那老旦嘴边插着两个点火的纸捻子，旁边有一个鬼卒，我费尽思量，才疑心他或者是目连的母亲，因为后来又出来了一个和尚。然而我又不知道那名角是谁，就去问挤小在我的左边的一位胖绅士。他很看不起似的斜瞥了我一眼，说道，“龚云甫！”我深愧浅陋而且粗疏，脸上一热，同时脑里也制出了决不再问的定章，于是看小旦唱，看花旦唱，看老生唱，看不知什么角色唱，看一大班人乱打，看两三个人互打，从九点多到十点，从十点到十一点，从十一点到十一点半，从十一点半到十二点，——然而叫天竟还没有来。

我向来没有这样忍耐的等候过什么事物，而况这身边的胖绅士的吁吁的喘气，这台上的冬冬喤喤的敲打，红红绿绿的晃荡，加之以十二点，忽而使我省悟到在这里不适于生存了。我同时便机械的拧转身子，用力往外只一挤，觉得背后便已满满的，大约那弹性的胖绅士早在我的空处胖开了他的右半身了。我后无回路，自然挤而又挤，终于出了大门。街上除了专等看客的车辆之外，几乎没有什么行人了，大门口却还有十几个人昂着头看戏目，别有一堆人站着并不看什么，我想：他们大概是看散戏之后出来的女人们的，而叫天却还没有来……

然而夜气很清爽，真所谓"沁人心脾"，我在北京遇着这样的好空气，仿佛这是第一遭了。

这一夜，就是我对于中国戏告了别的一夜，此后再没有想到他，即使偶而经过戏园，我们也漠不相关，精神上早已一在天之南一在地之北了。

但是前几天，我忽在无意之中看到一本日本文的书，可惜忘记了书名和著者，总之是关于中国戏的。其中有一篇，大意仿佛说，中国戏是大敲，大叫，大跳，使看客头昏脑眩，很不适于剧场，但若在野外散漫的所在，远远的看起来，也自有他的风致。我当时觉着这正是说了在我意中而未曾想到的话，因为我确记得在野外看过很好的好戏，到北京以后的连进两回戏园去，也许还是受了那时的影响哩。可惜我不知道怎么一来，竟将书名忘却了。

至于我看那好戏的时候，却实在已经是"远哉遥遥"的了，其时恐怕我还不过十一二岁。我们鲁镇的习惯，本来是凡有出嫁的女儿，倘自己还未当家，夏间便大抵回到母家去消夏。那时我的祖母虽然还康健，但母亲也已分担了些家务，所以夏期便不能多日的归省了，只得在扫墓完毕之后，抽空去住几天，这时我便每年跟了我的母亲住在外祖母的家里。那地方叫平桥村，是一个离海边不远，极偏僻的，临河的小村庄；住户不满三十家，都种田，打鱼，只有一家很小的杂货店。但在我是乐土：因为我在这里不但得到优待，又可以免念"秩秩斯干幽幽南山"了。

和我一同玩的是许多小朋友，因为有了远客，他们也都从父母那里得了减少工作的许可，伴我来游戏。在小村里，一家的客，几乎也就是公共的。我们年纪都相仿，但论起行辈来，却至少是叔子，有几个还是太公，因为他们合村都同姓，是本家。然而我们是朋友，即使偶而吵闹起来，打了太公，一村的老老小小，也决没有一个会想出“犯上”这两个字来，而他们也百分之九十九不识字。

我们每天的事情大概是掘蚯蚓，掘来穿在铜丝的小钩上，伏在河沿上去钓虾。虾是水世界里的呆子，决不惮用了自己的两个钳捧着钩尖送到嘴里去的，所以不半天便可以钓到一大碗。这虾照例是归我吃的。其次便是一同去放牛，但或者因为高等动物了的缘故罢，黄牛水牛都欺生，敢于欺侮我，因此我也总不敢走近身，只好远远地跟着，站着。这时候，小朋友们便不再原谅我会读“秩秩斯干”，却全都嘲笑起来了。

至于我在那里所第一盼望的，却在到赵庄去看戏。赵庄是离平桥村五里的较大的村庄；平桥村太小，自己演不起戏，每年总付给赵庄多少钱，算作合做的。当时我并不想到他们为什么年年要演戏。现在想，那或者是春赛，是社戏了。

就在我十一二岁时候的这一年，这日期也看看等到了。不料这一年真可惜，在早上就叫不到船。平桥村只有一只早出晚归的航船是大船，决没有留用的道理。其余的都是小船，不合用；央人到邻村去问，也没有，早都给别人定下了。外祖母很气恼，怪家里的人不早定，絮叨起来。母亲便宽慰伊，说我们鲁镇的戏比小村里的好得多，一年看几回，今天就算了。只有我急得要哭，母亲却竭力的嘱咐我，说万不能装模作样，怕又招外祖母生气，又不准和别人一同去，说是怕外祖母要担心。

总之，是完了。到下午，我的朋友都去了，戏已经开场了，我似乎听到锣鼓的声音，而且知道他们在戏台下买豆浆喝。

这一天我不钓虾，东西也少吃。母亲很为难，没有法子想。到晚饭时候，外祖母也终于觉察了，并且说我应当不高兴，他们太怠慢，是待客的礼数里从来所没有的。吃饭之后，看过戏的少年们也都聚拢来了，高高兴兴的来讲戏。只有我不开口；他们都叹息而且表同情。忽然间，一个最聪明的双喜大悟似的提议了，他说，“大船？八叔的航船不是回来了么？”十几个别的少年也大悟，立刻撺掇起来，说可以坐了这航船和我一同去。我高兴了。然而外祖母又怕都是孩子们，不可靠；母亲又说是若叫大人一同去，他们白天全有工作，要他熬夜，是不合情理的。在这迟疑之中，双喜可又看出底细来了，便又大声的说道，“我写包票！船又大；迅哥儿向来不乱跑；我们又都是识水性的！”

诚然！这十多个少年，委实没有一个不会凫水的，而且两三个还是弄潮的好手。

外祖母和母亲也相信，便不再驳回，都微笑了。我们立刻一哄的出了门。

我的很重的心忽而轻松了，身体也似乎舒展到说不出的大。一出门，便望见月下的平桥内泊着一只白篷的航船，大家跳下船，双喜拔前篙，阿发拔后篙，年幼的都陪我坐在舱中，较大的聚在船尾。母亲送出来吩咐“要小心”的时候，我们已经点开船，在桥石上一磕，退后几尺，即又上前出了桥。于是架起两支橹，一支两人，一里一换，有说笑的，有嚷的，夹着潺潺的船头激水的声音，在左右都是碧绿的豆麦田地的河流中，飞一般径向赵庄前进了。

两岸的豆麦和河底的水草所发散出来的清香，夹杂在水气中扑面的吹来；月色便朦胧在这水气里。淡黑的起伏的连山，仿佛是踊跃的铁的兽脊似的，都远远地向船尾跑去了，但我却还以为船慢。他们换了四回手，渐望见依稀的赵庄，而且似乎听到歌吹了，还有几点火，料想便是戏台，但或者也许是渔火。

那声音大概是横笛，宛转，悠扬，使我的心也沉静，然而又自失起来，觉得要和他弥散在含着豆麦蕴藻之香的夜气里。

那火接近了，果然是渔火；我才记得先前望见的也不是赵庄。那是正对船头的一丛松柏林，我去年也曾经去游玩过，还看见破的石马倒在地上，一个石羊蹲在草里呢。过了那林，船便弯进了叉港，于是赵庄便真在眼前了。

最惹眼的是屹立在庄外临河的空地上的一座戏台，模胡在远处的月夜中，和空间几乎分不出界限，我疑心画上见过的仙境，就在这里出现了。这时船走得更快，不多时，在台上显出人物来，红红绿绿的动，近台的河里一望乌黑的是看戏的人家的船篷。

"近台没有什么空了，我们远远的看罢。"阿发说。

这时船慢了，不久就到，果然近不得台旁，大家只能下了篙，比那正对戏台的神棚还要远。其实我们这白篷的航船，本也不愿意和乌篷的船在一处，而况并没有空地呢……

在停船的匆忙中，看见台上有一个黑的长胡子的背上插着四张旗，捏着长枪，和一群赤膊的人正打仗。双喜说，那就是有名的铁头老生，能连翻八十四个筋斗，他日里亲自数过的。

我们便都挤在船头上看打仗，但那铁头老生却又并不翻筋斗，只有几个赤膊的人翻，翻了一阵，都进去了，接着走出一个小旦来，咿咿呀呀的唱。双喜说，“晚上看客少，铁头老生也懈了，谁肯显本领给白地看呢？”我相信这话对，因为其时台下已经不很有人，乡下人为了明天的工作，熬不得夜，早都睡觉去了，疏疏朗朗的站着的不过是几十个本村和邻村的闲汉。乌篷船里的那些土财主的家眷固然在，然而他们也不在乎看戏，多半是专到戏台下来吃糕饼水果和瓜子的。所以简直可以算白地。

然而我的意思却也并不在乎看翻筋斗。我最愿意看的是一个人蒙了白布，两手在头上捧着一支棒似的蛇头的蛇精，其次是套了黄布衣跳老虎。但是等了许多时都不见，小旦虽然进去了，立刻又出来了一个很老的小生。我有些疲倦了，托桂生买豆浆去。他去了一刻，回来说，“没有。卖豆浆的聋子也回去了。日里倒有，我还喝了两碗呢。现在去舀一瓢水来给你喝罢。”

我不喝水，支撑着仍然看，也说不出见了些什么，只觉得戏子的脸都渐渐的有些稀奇了，那五官渐不明显，似乎融成一片的再没有什么高低。年纪小的几个多打呵欠了，大的也各管自己谈话。忽而一个红衫的小丑被绑在台柱子上，给一个花白胡子的用马鞭打起来了，大家才又振作精神的笑着看。在这一夜里，我以为这实在要算是最好的一折。

然而老旦终于出台了。老旦本来是我所最怕的东西，尤其是怕他坐下了唱。这时候，看见大家也都很扫兴，才知道他们的意见是和我一致的。那老旦当初还只是踱来踱去的唱，后来竟在中间的一把交椅上坐下了。我很担心；双喜他们却就破口喃喃的骂。我忍耐的等着，许多工夫，只见那老旦将手一抬，我以为就要站起来了，不料他却又慢慢的放下在原地方，仍旧唱。全船里几个人不住的吁气，其余的也打起呵欠来。双喜终于熬不住了，说道，怕他会唱到天明还不完，还是我们走的好罢。大家立刻都赞成，和开船时候一样踊跃，三四人径奔船尾，拔了篙，点退几丈，回转船头，架起橹，骂着老旦，又向那松柏林前进了。

月还没有落，仿佛看戏也并不很久似的，而一离赵庄，月光又显得格外的皎洁。回望戏台在灯火光中，却又如初来未到时候一般，又漂渺得像一座仙山楼阁，满被红霞罩着了。吹到耳边来的又是横笛，很悠扬；我疑心老旦已经进去了，但也不好意思说再回去看。

不多久，松柏林早在船后了，船行也并不慢，但周围的黑暗只是浓，可知已经到了深夜。他们一面议论着戏子，或骂，或笑，一面加紧的摇船。这一次船头的激水声更其响亮了，那航船，就像一条大白鱼背着一群孩子在浪花里蹿，连夜渔的几个老渔父，也停了艇子看着喝采起来。

离平桥村还有一里模样，船行却慢了，摇船的都说很疲乏，因为太用力，而且许久没有东西吃。这回想出来的是桂生，说是罗汉豆正旺相，柴火又现成，我们可以偷一点来煮吃的。大家都赞成，立刻近岸停了船；岸上的田里，乌油油的便都是结实的罗汉豆。

“阿阿，阿发，这边是你家的，这边是老六一家的，我们偷那一边的呢？”双喜先跳下去了，在岸上说。

我们也都跳上岸。阿发一面跳，一面说道，“且慢，让我来看一看罢，”他于是往来的摸了一回，直起身来说道，“偷我们的罢，我们的大得多呢。”一声答应，大家便散开在阿发家的豆田里，各摘了一大捧，抛入船舱中。双喜以为再多偷，倘给阿发的娘知道是要哭骂的，于是各人便到六一公公的田里又各偷了一大捧。

我们中间几个年长的仍然慢慢的摇着船，几个到后舱去生火，年幼的和我都剥豆。不久豆熟了，便任凭航船浮在水面上，都围起来用手撮着吃。吃完豆，又开船，一面洗器具，豆荚豆壳全抛在河水里，什么痕迹也没有了。双喜所虑的是用了八公公船上的盐和柴，这老头子很细心，一定要知道，会骂的。然而大家议论之后，归结是不怕。他如果骂，我们便要他归还去年在岸边拾去的一枝枯柏树，而且当面叫他“八癞子”。

“都回来了！那里会错。我原说过写包票的！”双喜在船头上忽而大声的说。

我向船头一望，前面已经是平桥。桥脚上站着一个人，却是我的母亲，双喜便是对伊说着话。我走出前舱去，船也就进了平桥了，停了船，我们纷纷都上岸。母亲颇有些生气，说是过了三更了，怎么回来得这样迟，但也就高兴了，笑着邀大家去吃炒米。

大家都说已经吃了点心，又渴睡，不如及早睡的好，各自回去了。

第二天，我向午才起来，并没有听到什么关系八公公盐柴事件的纠葛，下午仍然去钓虾。

“双喜，你们这班小鬼，昨天偷了我的豆了罢？又不肯好好的摘，踏坏了不少。”我抬头看时，是六一公公棹着小船，卖了豆回来了，船肚里还有剩下的一堆豆。

“是的。我们请客。我们当初还不要你的呢。你看，你把我的虾吓跑了！”双喜说。

六一公公看见我，便停了楫，笑道，“请客？——这是应该的。”于是对我说，“迅哥儿，昨天的戏可好么？”

我点一点头，说道，“好。”

“豆可中吃呢？”

我又点一点头，说道，“很好。”

不料六一公公竟非常感激起来，将大拇指一翘，得意的说道，“这真是大市镇里出来的读过书的人才识货！我的豆种是粒粒挑选过的，乡下人不识好歹，还说我的豆比不上别人的呢。我今天也要送些给我们的姑奶奶尝尝去……”他于是打着楫子过去了。

待到母亲叫我回去吃晚饭的时候，桌上便有一大碗煮熟了的罗汉豆，就是六一公公送给母亲和我吃的。听说他还对母亲极口夸奖我，说“小小年纪便有见识，将来一定要中状元。姑奶奶，你的福气是可以写包票的了。”但我吃了豆，却没有昨夜的豆那么好。

真的，一直到现在，我实在再没有吃到那夜似的好豆，——也不再看到那夜似的好戏了。

一九二二年十月。

经典译林

Yilin Classics

书名	单价
癌症楼	78.00 元
爱的教育	39.00 元
安徒生童话选集	42.00 元
奥德赛	92.00 元
巴黎圣母院	42.00 元
百万英镑	35.00 元
悲惨世界（上、下）	98.00 元
被侮辱与被损害的人	39.00 元
变色龙：契诃夫中短篇小说集	39.00 元
草叶集：惠特曼诗选	39.00 元
茶花女	35.00 元
沉思录	29.00 元
大卫·科波菲尔（上、下）	79.00 元
稻草人	29.00 元
飞鸟集·新月集：泰戈尔诗选	39.00 元
福尔摩斯探案集	58.00 元
傅雷家书	49.00 元
钢铁是怎样炼成的	39.00 元
格列佛游记	35.00 元
给青年的十二封信	38.00 元
艾青诗集	35.00 元
安娜·卡列尼娜	65.00 元
傲慢与偏见	36.00 元
八十天环游地球	32.00 元
白洋淀纪事	39.00 元
包法利夫人	38.00 元
背影	28.00 元
边城	36.00 元
变形记 城堡	38.00 元
茶馆	32.00 元
查拉图斯特拉如是说	38.00 元
城南旧事	29.00 元
当代英雄	45.00 元
地心游记	32.00 元
飞向太空港	39.00 元
复活	42.00 元
富兰克林自传	36.00 元
高老头	39.00 元
格林童话全集	49.00 元
古希腊悲剧喜剧集（上、下）	118.00 元

书名	单价	书名	单价
海底两万里	38.00 元	红楼梦	55.00 元
红与黑	49.00 元	呼兰河传	35.00 元
呼啸山庄	39.00 元	基督山伯爵（上、下）	108.00 元
纪伯伦散文诗经典	42.00 元	寂静的春天	35.00 元
假如给我三天光明	32.00 元	简 · 爱	39.00 元
金银岛	35.00 元	经典常谈	29.00 元
荆棘鸟	45.00 元	静静的顿河	128.00 元
镜花缘	49.00 元	局外人 · 鼠疫	38.00 元
菊与刀	35.00 元	宽容	32.00 元
昆虫记	39.00 元	老人与海	32.00 元
理想国	45.00 元	聊斋志异	55.00 元
列那狐的故事	39.00 元	猎人笔记	38.00 元
林肯传	39.00 元	鲁滨逊漂流记	39.00 元
鲁迅杂文选集	36.00 元	绿山墙的安妮	36.00 元
罗马神话	16.80 元	罗生门	39.00 元
骆驼祥子	32.00 元	美丽新世界	35.00 元
名人传	39.00 元	拿破仑传	49.00 元
呐喊	29.00 元	牛虻	38.00 元
欧 · 亨利短篇小说选	36.00 元	欧也妮 · 葛朗台	32.00 元
彷徨	32.00 元	培根随笔全集	38.00 元
飘（上、下）	88.00 元	普希金诗选	42.00 元
乞力马扎罗的雪	39.80 元	热爱生命 · 海狼	38.00 元
人间草木：汪曾祺散文精选	49.00 元	人类群星闪耀时	36.00 元
人性的弱点	39.00 元	日瓦戈医生	68.00 元

书名	单价	书名	单价
儒林外史	42.00 元	三个火枪手	59.00 元
三国演义	59.00 元	沙乡年鉴	42.00 元
莎士比亚喜剧悲剧集	49.00 元	少年维特的烦恼	28.00 元
神秘岛	48.00 元	神曲（共三册）	128.00 元
十日谈	68.00 元	双城记	45.00 元
水浒传	69.00 元	四世同堂（上、下）	78.00 元
苔丝	39.00 元	谈美	26.00 元
谈美书简	36.00 元	汤姆·索亚历险记	32.00 元
汤姆叔叔的小屋	45.00 元	唐诗三百首	39.00 元
堂吉诃德	78.00 元	天方夜谭	42.00 元
童年	38.00 元	童年·在人间·我的大学	49.00 元
瓦尔登湖	36.00 元	我是猫	39.00 元
乌合之众	35.00 元	物种起源	42.00 元
雾都孤儿	44.00 元	西顿野生动物故事集	38.00 元
西游记	48.00 元	希腊古典神话	49.00 元
乡土中国	36.00 元	小妇人	45.00 元
小王子	29.00 元	星星离我们有多远	35.00 元
羊脂球	38.00 元	一九八四	36.00 元
一间自己的房间	36.00 元	伊利亚特	82.00 元
伊索寓言全集	35.00 元	尤利西斯	58.00 元
约翰·克利斯朵夫（上、下）	98.00 元	月亮和六便士	45.00 元
战争与和平（上、下）	108.00 元	朝花夕拾	22.00 元
中国民间故事	39.00 元	子夜	49.00 元
最后一课	36.00 元	罪与罚	66.00 元